El hotel que la habitaba

Cuentos transhumantes

Luis Fernández-Zavala

ISBN-10: 978-1-63065-112-1
ISBN-13: 1-63065-112-5

PUKIYARI EDITORES
www.pukiyari.com

*"Que los hechos más reales me parecen ensueños,
y por mirar al cielo, caigo en la charca poco.
Mas la voz me consuela, diciéndome:"¡Ten sueños:
el sabio no los tiene tan bellos como el loco!".*
—C. Baudelaire

"Qui nolet fieri desidiosus, amet!".
—Ovidio

*"La ficción es siempre, en cierto sentido, la crónica
de lo singular y así hay, en toda historia,
un elemento que nos separa de los demás, aun cuando
las historias debieran ser, y son también, un camino
para comprender que los demás son como nosotros".*
—Belén Gopegui

*"El acto de escribir tiene un efecto civilizador
sobre la conciencia".*
—Gioconda Belli

ÍNDICE

El hotel que la habitaba

A Ricardo Vacca-Rodríguez

Uno

Se dirigió al espejo y empezó a delinearse los ojos con un nuevo producto que compró dos días antes en la tienda Oeschle del jirón de la Unión. Mientras su mano obraba con la precisión de relojero suizo, recordó que un examante alguna vez le llamó: "ojos de túnel". ¿Quién fue? Se puso las grandes gafas que enmarcaban unas uvas de ojos, se pintó los labios de un carmesí bruñido y concluyó su labor haciendo unas muecas de hipnotizadora frente al espejo. La blusa blanca pegada a la piel levantaba sus senos pequeños y la falda negra a media rodilla, también ceñida, la hacía aparecer más alta. Le agradó lo que vio. Lanzó un coqueto beso al espejo, agarró su cartera tipo maletín y salió con paso firme de su casa en Puente Piedra con dirección al centro histórico de Lima. Después de dejar pasar varios carros destartalados y sucios, tomó un taxi que lucía decente. No quería ensuciar su pulcro uniforme, ni llegar en su primer día de trabajo sin un poquito de estilo. Un Kia haría el truco. Al alejarse de su populoso barrio, Lima parecía engullir el carrito entre las agallas de un monstruo humeante, gris y vociferante.

Ya en pleno centro histórico y en el día de su debut como mesera del Gran Hotel Bolívar, una muchedumbre de comerciantes formales e informales moviéndose como hormigas tenaces la acompañaban a cruzar la plaza San Martín; otros peatones apurados y con miradas sonámbulas se desplazaban por los jirones aledaños (garabatos indefinidos creciendo desordenadamente, diría un aguzado arquitecto), ya sin la elegancia distraída de los paseantes que ella había visto quince años atrás, cuando con su abuela Dari visitaba la Botica Francesa para tomar helados de lúcuma y chirimoya bañados con caramelo derretido. Por esa época todo parecía más solemne y mágico. Hasta las calles tenían nombres interesantes que desperezaban su imaginación cuando su abuela se las mencionaba: «El límite del plano original de la Lima de Pizarro llegaba hasta el jirón Ocoña, por el sur, donde ahora está el Hotel Bolívar. Estaba rodeado de las calles Matajudíos, Pilitricas y Pasaje Bravo... El nombre de las calles se cambió por el año 1861, reemplazándolos por los departamentos y provincias del Perú... aunque la gente seguía usando los nombres originales... Pero te digo, hijita, no era lo mismo ir al jirón Cañete que a las calles Chicherías, Escribanos, Mercaderes, Espaderos o Bodegones...».

Ahora todo era pura fachada y huachafería, las calles habían perdido su personalidad ligada a lo que sucedía en esos espacios urbanos (o a un personaje importante), los edificios repintados y remodelados solo mantenían el mascarón de lo barroco, de lo colonial o de la prestancia arquitectónica de los años treinta, y desde adentro de los **edificios antiguos y descuidados** emanaba un tempranero hedor a papas fritas, chanfainita y el infaltable pan con chicharrón embriagando el paso **calcutizado** de los transeúntes. La Lima que se abría frente a ella tenía borradas esas sensaciones misteriosas de ciudad grave percibidas por una niña de nueve años que caminaba de la mano de su abuela, vistiendo sus mejores galas de domingo. El centro histórico de Lima era definitivamente otro. Ya no un lugar para visitar y pasear, se había convertido con el correr de los años en una torta mal decorada con avenidas para transitar e irse a otro lugar, un pasacalle desordenado, caótico y bullanguero.

Mientras se acercaba al edificio del Gran Hotel Bolívar, situado en la esquina de La Colmena y jirón Ocoña, le invadió un leve vahído al levantar la vista hasta divisar el último piso de los cinco que tenía el hotel. El cuadrado castillo blanco, **taciturno** y ceremonioso, con alargadas ventanas que permitían a sus usuarios un **atisbo** de la ciudad sin mucho que mostrar, terminaba con unos **pináculos** tratando de rozar las panzas de etéreos peces en el cabizbajo cielo limeño.

Al cruzar la puerta principal del hotel, con marco de metal brillante como dintel y puerta de vidrio donde estaba parado un portero de uniforme **operático** (algo así como un príncipe casual o un soldado en ropa de gala), Verónica esbozó una sonrisa cómplice y por breves momentos quiso sentir la misma sensación de complacencia que alguna vez tuvieron famosos huéspedes como Walt Disney, John Wayne, Jorge Negrete, Cantinflas, Evita Perón, Rita Hayworth (la misma que en la puerta del hotel dijo con inocencia malandrina a los periodistas que la acechaban: *«All I wanted was just what everybody else want*s, *you know, to be loved»*), Ava Gardner, el majará de Kapurthala, entre otras personalidades que visitaron el hotel entre 1924 y 1970. Este era el lugar que su abuela Dari denominó: "Hollywood en Lima".

Sin perder el paso esmerado que trataba de dosificar, llegó hasta un amplio salón circular iluminado por un inmenso vitral en el techo. Miró con cierta aprensión el inmaculado salón de lustrosas losetas de mármol blanco en el piso y decidió sentarse en un sillón forrado de pana celeste, entre los bustos de Mozart y Dante. Las columnas de mármol italiano (de Carrara, supongo) que rodeaban el recinto parecían apuntalar un sol muy imaginativo plasmado en el finísimo *vitreaux* del techo. Mientras esperaba a sus anfitriones, sus carnosos labios no cesaban de despegarse y juntarse cuando levantaba la mirada hacia el vitral redondo e inmenso que con pedacitos de vidrio amarillo brillante representaba un sol difícilmente existente en Lima. *Debe de tener casi cien años este sol de fantasía turística*, pensó, mientras observaba el intrincado despliegue de apretados trozos de vidrio que dibujaban además unas urnas doradas alrededor del sol y lazos verdemar desprendiéndose de éstas.

La reunión de orientación a la que fue invitada antes de empezar su jornada de trabajo se inició con la presencia del director de servicios hoteleros, la jefa de meseras y un señor de muy avanzada edad que parecía sostener su columna vertebral con una almidonada camisa blanca, los tirantes que le subían casi hasta a la garganta y un gastado pantalón negro de varios pliegues; era el secretario general del sindicato de trabajadores. Todos le dieron la bienvenida entre formal y amigable y se dispusieron a deletrearle qué podía hacer o no hacer en el Gran Hotel Bolívar. No faltó la perorata sobre otras épocas del hotel y su clientela de artistas famosos, jeques y presidentes. Verónica abría sus enormes ojos exageradamente y los cerraba con las cortinas de pesado rímel, absorbiendo la información que ya conocía.

Sus anfitriones la invitaron a visitar las diferentes áreas de trabajo y servicios del hotel. Se dirigieron primero a los amplios salones para eventos sociales. Pasaron por el Salón Simón Bolívar, que hasta 1968 era usado para la presentación de las cartas plenipotenciarias de los embajadores extranjeros en el Perú; el Salón Dorado, que era una réplica del original en el Palacio de Gobierno; y el Salón Principal, que en sus mejores épocas había acogido a grandes personalidades en banquetes acompañados por la Orquesta Sinfónica Nacional. Todas estas salas todavía mantenían sus arañas de cristal desprendiéndose de los techos blancos llorando destellos de luz, alfombras belgas y lámparas esquineras de alabastro. Sin embargo, la escenografía era aséptica, casi una postal pintada a mano perdiendo sus colores ya que muchos de los lujosos muebles adquiridos de la firma británica Waring & Gillow en 1924, fueron rematados tiempo atrás para poder pagar las deudas pendientes del hotel. Lo poco que quedaba, como las mesas esquineras, no pudieron ser vendidas porque les faltaba el sello de los famosos diseñadores ingleses. «Solo firmaban un treinta por ciento de su producción; y los compradores no confían en nuestra palabra», le dijo el jefe de servicios hoteleros. La mirada de Verónica se esparció por las inmensas salas y hasta creyó escuchar el suave rasgado de las colas de los vestidos de noche deslizándose sobre la alfombra, los tacones hundiéndose entre las apretadas fibras y el mullido paso de los zapatos negros de charol de los caballeros danzantes, hasta que la llamaron para visitar el bar del hotel.

Lo primero que tomó por asalto la atención de Verónica fue la inmensa barra de cedro y mármol donde se servía el famoso pisco sour catedral, la misma que describía con precisión su abuela cada vez que pasaban delante del Gran Hotel Bolívar. «La barra del bar es como de las películas de Humphrey Bogart», le contaba. Deslizó la palma de su mano derecha por la barra, como tratando de absorber las historias de otros tiempos, mientras le explicaban los protocolos del servicio. Terminado el preámbulo en el bar, descendieron al sótano, por una curvilínea y apretada escalera, hasta llegar a la cocina y los almacenes. Le pareció que bajaban a unas pulcras catacumbas. Seguían las recomendaciones: choritos a la chalaca y chicharrón de pescado con yucas fritas y crema picante de ajo y ají limo eran los platos más pedidos a partir de las cuatro de la tarde y tenían que servirlos con prontitud. Los menús de antaño se podían apreciar colgados en las paredes de la cocina como un monumento a paladares exóticos pasados de moda: *Avocat à la Cubaine, Caviar Russe, la poire Jacqueline compagne de Vodka, Pêches Flambée a la framboise.*

El chef, un grandulón de cachetes rojizos y cabello engominado, y que vestía una chaqueta blanquísima con su nombre en rojo junto a una banderita rojiblanca, saludó a Verónica con frialdad y sin detener sus quehaceres, pero no perdió tiempo en lanzar una mirada aprobatoria a sus piernas fuertes y torneadas cuando ella volteó para seguir su recorrido. Ya de salida, Verónica miró de reojo los hornos y refrigeradoras Westinghouse, sorprendiéndose de que todavía estuviesen funcionado a pesar del estentóreo ronroneo que producían. *Para abrir las puertas de este refrigerador se necesita dos mastodontes como este chef,* pensó. Volvieron a subir al primer piso del hotel y le indicaron que visitarían las habitaciones.

—Solo tenemos acondicionados tres de los cinco pisos... tomemos el ascensor —dijo el director de servicios, que se esmeraba en hablar del hotel como un vendedor de bienes raíces.

El pequeño ascensor era una cajita rectangular con mucha luz proveniente de esas bolas de vidrio que ya no se ven por ninguna parte, excepto en la decoración Art Deco de los antiguos edificios de Chicago. Lo reducido del espacio los hizo apretujarse y Verónica dudó que la cajita móvil pudiera elevarse hacia el tercer piso. El director de servicios apretó el botón negro y no cesó de secarse el sudor de la cara con un blanquísimo pañuelo que esparcía un olor melosamente cítrico.

—Le explicaremos *in situ* el protocolo del servicio a las habitaciones —dijo la jefa de meseras con amanerada solemnidad, exhibiendo adrede un lenguaje que no le pertenecía, como tratando de emparejar el terreno de su ego, su autoridad y la imagen que reflejaban los espejos que rodeaban el ascensor: su cuerpo de matrona madura y lo espigado del cuerpo de Verónica.

Se abrieron las puertas del ascensor y apareció un largo corredor mucho más sobrio de lo que Verónica se imaginó; parecía más un pasadizo de hospital por lo limpio y frío, ya sin las pinturas de la escuela cuzqueña que también habían sido rematadas. Una angosta y larga alfombra celeste rompía la rutina del corredor. *Esta habría sido la última visión de los huéspedes antes de ser engullidos por la pasión de sus noches en la Ciudad Jardín, la Tres Veces Coronada Villa, la de playas tristes, el bostezo gris entre tanto desierto, Lima, mi vieja Lima, la Lima de mis helados de lúcuma*, se entretuvo en pensar Verónica. Detrás de esas puertas del cielo o del infierno, quedaban las historias de las cuales nada se sabría, muchos imaginarían y otros inventarían para la chismografía de la época.

Los acompañantes de pronto perdieron la solemnidad con la cual se venían presentando y pausaron su andar para mirarse mutuamente y decidir si mencionar lo que todos ellos estaban pensando. El jefe de servicios volvió a sacar su cítrico pañuelo blanco, señaló la habitación 366 y sin fijar la mirada en ella, dijo como confesándose:

—Parte del atractivo del hotel es que circulan historias macabras y de fantasmas. Se dice que todavía penan aquí las almas de aquellos que vivieron sus últimos momentos en el hotel y nos dejaron trágicamente.

—Son solo historias para turistas —acotó el viejito del sindicato sin dejar de mirar la habitación 366.

—Me ocuparé de reportar toda aparición sospechosa, para alimentar la imaginación de los turistas, por supuesto —les dijo ampliando su sonrisa. Sus anfitriones volvieron a arroparse en la solemnidad con la que venían desempeñándose y procedieron a abrir la habitación 364.

La mirada un tanto decepcionada de Verónica se detuvo en cada una de las reliquias que amoblaban la habitación; todas parecían haber sido obtenidas apresuradamente en tiendas de antigüedades como La Vernissage de San Isidro. Nunca había visto tanto vejestorio junto: un televisor Zenith de los años sesenta, con una caja de madera que daba la impresión de ser más una radio con pantalla, el verdadero Grundig parecía un mini piano silencioso, con teclas y grandes ruedas para manejar el volumen y cambiar las estaciones, un teléfono negro con dial giratorio, una larga alfombra tipo persa con colores disminuidos yacía al pie de la cama, un velador con mármol en la parte superior, dos cuadros de adustas damas con cara antigua y virginal y, como fiel testigo de sueños y ensueños, una pequeña lámpara de bronce con tulipa de seda roja, junto a la amplia cama con cabecera de caoba (*cama de cardenal*, pensó Verónica). El armatoste, tantas veces trajinado, lucía inerte y se elevaba del suelo con patas de madera tallada. (*¿Cómo tirarse un polvo alegre en esta cama?*, se interrogó Verónica). Las ventanas cubiertas con largos tules cerraban el paso a una tenue luz natural y a la visión del hormigueo humano en la plaza San Martín.

—Esto es todo lo que tenemos —dijo el director de servicios manipulando otra vez su pañuelo como dando señales de que el *tour* había acabado.

—El baño no es nada del otro mundo, excepto por la tina de porcelana que tiene agua caliente si la Empresa de Servicios de Agua y Desagüe no nos la corta aduciendo deudas sin pago —añadió el viejo sindicalista.

—¿Alguna pregunta señorita Verónica? —le disparó la jefa de meseras.

—No señora.

—Empiece a preparar, por favor, el servicio para los parroquianos que se presentarán alrededor de las cuatro.

Después de la apretada presentación de los servicios que brindaba el Gran Hotel Bolívar, Verónica se abocó a doblar servilletas mientras esperaba a la muchedumbre que solía aparecer terminada su jornada de trabajo. El chef grandulón no cesaba de mover sus trastes y verduras, y de vez en cuando le lanzaba miradas entre curiosas y molestas a Verónica. Al artista culinario, como le gustaba que se refirieran a él, no le caía muy bien que extraños estuvieran alrededor de sus quehaceres, se sentía observado, pero al mismo tiempo su instinto de macho cabrío no podía evitar la placentera visión de un cuerpo joven y apetitoso cerca de él. Verónica seguía en su tarea mecánica y lenta, ignorándolo.

El artista culinario nunca se imaginó que al aceptar el trabajo en el Bolívar iba a estar preparando piqueos criollos en vez de los clásicos entremeses que acompañaban la tarde de aperitivos de clientes de alta prosapia. Los consuetudinarios de antaño tenían otros ritos ligados al *bon vivant*. Para éstos era el momento de socializar antes de la opípara cena, de hacer contactos y planificar con relajada anticipación el próximo momento de placer o de negocios, de hacerse presente entre iguales y recoger información sobre lo que sucedía en Lima o transmitir lo que les interesaba comunicar a su círculo de famosos de una manera casual y aparentemente espontánea. Por aquella época, las reglas del buen vivir ameritaban el consumo de vermut, esa seductora bebida elaborada con vino rojo y ajenjo, que estimula el apetito y predispone al goce dosificado; con el tiempo éste fue remplazado por el pisco sour que, sin perder los efectos placenteros en el paladar, aceleraba sus momentos de socialización, regalándoles, además, la sensación de que la simplicidad autóctona también podía ser asimilada por los paladares sibaritas. La mayoría de los habitantes comunes y corrientes de la capital del Perú bebían este trago solamente en funerales y bodas; en contraste, para la antigua aristocracia epicúrea limeña cualquier momento era de fiesta y el inicio del placer, así que lo tomaban a diario.

A las seis de la tarde terminó su primer día de trabajo (larga jornada que no incluyó el tiempo invertido en las explicaciones sobre los protocolos de los servicios), marcó la tarjeta de salida y se dirigió a su casa en Puente Piedra pensando en Pablito y maldiciendo sus tacones. Tuvo que cruzar media Lima y se demoró más de dos horas y media en llegar a su hogar debido al caos que el alcalde de Lima (llamado el Mudo por los limeños debido a su rechazo a comunicar sobre sus quehaceres ediles) había creado construyendo baipases por todas partes. A esto había que sumarle la bizarra aventura de subir a las combis[1]. Intentar subir en el vehículo entre empujones aplicando la ley de la selva, para después soportar hedores sudoríparos y manoseos disfrazados de roces casuales, música estridente y gritos de los llenadores y cobradores de las combis, era demasiado para terminar un día de trabajo y Verónica perdía la fe en la humanidad. *¿Cuándo será el día en que los limeños podamos regresar a la casa sin ser tratados como animales? ¡Cómo me gustaría que la hija y la esposa del Mudo tuvieran esta experiencia todos los días! ¡Mudo de mierda!*, refunfuñaba mentalmente.

---

[1] Microbuses privados que equivalen al 41% del transporte público en Lima.

꿎꿎꿎

Pablito yacía en su cama con su piyama de rayitas de colores, totalmente dormido. Verónica se acercó tratando de no hacer ruido, apretando una sonrisa tierna le dio un beso en la frente, cuidando de no despertarlo. «Así es el trabajo, Principito, pero mañana te leo tus cuentos…Ya tengo chamba, termino de estudiar y no te faltará nada». Pablito, probablemente, no vería el rostro plácido de Verónica sonriéndole y seguiría soñando con *Legos, Robocops, Transformers*. Ese cuerpecito flaco y enclenque que dormía despreocupadamente, le inspiraba una ternura desbordante a Verónica y era su mayor motivación para salir adelante.

Los cuentos que Pablito escuchaba de la voz áspera y a veces acelerada de Verónica nunca salían de los libros tal y como fueron escritos: Gulliver, como gigante o enano, se tiraba pedotes o peditos según el lugar y la aventura; la Cenicienta tenía un pie más grande que el otro, por tanto uso de los zapatos Bata de segunda mano, los tres chanchitos eran así de gorditos por tantas gaseosas y salchipapas; la Caperucita Roja tenía tendencias comunistas; y Rapunzel llevaba una ciudad de gnomos en su kilométrica cabellera y probablemente nunca supo de Glemo, el *shampoo* al huevo. Siempre algo más de lo inesperado podría suceder, más allá de lo que los hermanos Grimm o Jonathan Swift quisieron poner en sus fantasías folklóricas. Cuando los añadidos no eran suficientes para embelesar la imaginación y provocar el sueño mágico y apacible de Pablito, Verónica lo ponía dentro de las historias como un Super Cholo, un Super Cuy, una estrellita tintineante, un pececillo multicolor de ojos enormes o simplemente como el Principito.

—Había una vez un Principito llamado Pablito… —le susurró mientras le pasaba la mano por su cabecita adormitada.

Le dio un beso volado mientras se dirigía hacia la cómoda frente a su cama. Puso los codos sobre el mueble y sosteniendo su cara con las dos manos, le sonrió al retrato de su abuela Dari. «Es tal como me lo describiste, Dari, es como Hollywood. Gracias por el día. Mañana te traigo tus margaritas y te cuento más».

Después de dos semanas de trabajo recién Verónica logró

organizar su horario de tal forma que en las mañanas podía asistir a sus cursos de negocios internacionales en la Universidad Ricardo Palma y a partir de la media tarde hacer su trabajo en el hotel. No fue fácil conseguir ese arreglo. Tuvo que hablar varias veces con la jefa de meseras, quien le contestó inicialmente que no tenía todavía el tiempo suficiente en el trabajo para escoger su agenda laboral. «El derecho de antigüedad se respeta aquí», le había aclarado. Lo mismo le explicó el señor Francisco Gamarra, el sindicalista; en tanto que el jefe de servicios le dijo que ese no era su asunto, lo tenía que resolver con la jefa de meseras y el sindicato.

Suerte para ella que una de las meseras más antiguas decidió jubilarse debido a que sus venas varicosas le estaban pasando factura. El señor Gamarra le comunicó la noticia y aprovechó la oportunidad para contarle que, si bien los más de cincuenta trabajadores formaban una familia; como toda familia, existía una fuerte dosis de disfuncionalidad.

—Somos en realidad una especie de cooperativa económica, pero existen dos bandos. El grupo antiguo, que viene trabajando por más de veinte años en el hotel; y los nuevos, como tú, que vienen y se van. A nosotros nos llaman los "zombies". Los otros son los "pulpines" a pesar de que no son tan chibolos. Quizá tengan razón en llamarnos "zombies", porque nunca quisimos morir desempleados. Cuando en el año 1995 el dueño, el señor Jacobo Rupert, se declaró en bancarrota y abandonó el hotel a su suerte con muchas deudas al fisco, nosotros nos organizamos en una cooperativa y asumimos el manejo del hotel. Hay una deuda que pagar y varios juicios por ganar porque el antiguo dueño vendió ilegalmente el hotel al consorcio panameño Huron Equities Inc., del cual él es socio. Tú eres miembro de la cooperativa si te quedas por lo menos tres meses trabajando.

—Qué pena escuchar esto.

—No, somos un ejemplo para muchos… Es complicado, pero lo más importante es que tenemos trabajo. Tú tienes trabajo.

—Gracias, señor Gamarra, por la información. Cuente conmigo. Trataré de llevarme bien con todos y ojalá se arregle lo de los juicios.

Dos

En el Gran Hotel Bolívar ya no pululaban los artistas famosos, ni los poderosos políticos. El recinto parecía "democratizado" para los limeños y cualquier persona ahora podía entrar al Bolívar. Sin embargo, para algunos turistas de antaño, volver al Bolívar era un ejercicio de memoria y nostalgia; y entre estos estaba el doctor Alberto Quijandría, cirujano cubano coleccionista de arte que nunca se percató que el hotel ya era otra clase de hotel y decidió seguir pasando sus vacaciones aquí. El octogenario residía en New York, se había hecho de una excelente colección privada de arte que ahora pretendía donar al Museo de Arte de Cuba, no por otra razón que por ser amigo de Fidel Castro. Durante estas vacaciones estaba usando el Bolívar como su centro de operaciones una vez más.

Verónica le prestaba especial atención por la puntualidad para asistir a sus cotidianas cenas. Ella sabía que eran las seis y media de la tarde cuando el doctor Quijandría aparecía lentamente en el comedor del hotel vistiendo su terno y corbata italianos. No hablaba mucho, pero de vez en cuando dejaba entrever algo de su historia personal entre cena y cena. «¿Sabe dónde queda Santa Clara?», le preguntó alguna vez, a lo que Verónica aturdida y solícita respondió con otra pregunta: «¿Aquí en Perú?». El doctor Quijandría dirigió su mirada al daiquiri entre sus manos y musitó con la cabeza gacha: «No, en Cuba. Allí nací yo y allí venció el Che». Verónica sonrió y sintió que había defraudado a su cliente.

Ese martes, el doctor Quijandría tuvo un día bastante agitado no solo por las largas y tediosas reuniones con miembros de la embajada cubana, sino también porque visitó el Museo Textil Amano para que le dieran un certificado de autenticidad a las telas Nasca que él poseía. Se le notaba cansado, más lento que de costumbre.

—Buenas tardes, ¿qué se va a servir hoy?

—Lo de siempre, un daiquiri y una sopa a la criolla para la mesa y una manzanilla para mi habitación.

Rara vez cenaba con alguien, y cuando lo hacía, los comensales parecían gente importante, por la manera de vestir y por lo intenso de los ademanes durante la cena. Siempre amable, el octogenario tenía una sonrisa cansina para Verónica, y sus propinas eran exageradamente generosas. Después de la cena, daría una vuelta cerrada por la plaza San Martín para hacer la digestión y terminada ésta, subiría a su habitación en el tercer piso del hotel para seguir revolviendo folios y escribir cartas a Cuba.

—¡Servicio! —dijo con voz firme Verónica mientras sus nudillos golpeaban la enorme puerta de la habitación.

—Pase, pase... Ponga la manzanilla sobre la mesa de noche, por favor.

La habitación tenía encendida solo la lámpara de la mesa que fungía como escritorio. Rollos de cartón conteniendo grabados y pinturas yacían desparramados por todas partes y, en el centro, la figura elegante del doctor Quijandría que vestía una bata de seda negra sobre unos piyamas también de seda oscura, sin faltarle una bufanda roja agazapada en la garganta. Los muebles antiguos, la voz gangosa de Bola de Nieve desprendiéndose del Grundig y la presencia algo más viva del doctor Quijandría le dio a Verónica la sensación de haber entrado a un mundo retro.

—¿Algo más, señor Quijandría?

—Una sonrisa de buenas noches... No se ha muerto Fidel todavía, ¿no?

—Buenas noches —contestó Verónica, regalándole lo mejor de su rostro garboso, aunque sin saber qué responder.

Al cerrar la pesada puerta, hizo una mueca de incredulidad. *Coqueto el viejito... ¿y esa pregunta?* Todavía guardaba esa sonrisa regalada al dirigirse al ascensor cuando le pareció escuchar un zumbido dentro de la habitación 366. Volteó la cabeza como impulsada por un resorte. *Cojudeces... para los turistas,* y siguió su camino hacia el ascensor. Verónica ya había notado que un aliento frío (que atribuyó al aire acondicionado) se desplazaba por el alargado corredor y se le pegaba ligeramente sobre la nuca.

Tres

Otro día de trabajo esperaba a Verónica en el Gran Hotel Bolívar en una tarde que agonizaba en la penumbra. Lima nunca se pone oscura de sopetón, como en otros lugares, aquí las tardes se apagan muy lentamente como si algún luminotécnico perezoso regulara el arte de la luz insomne. La garúa fría de esa tarde astillando su cara hacía sus pasos más lentos. Le hubiera provocado lanzar una mirada rabiosa al cielo en señal de protesta, pero sabía que nadie respondería y solo hallaría opacidad húmeda. Si hubiera leído su horóscopo, podría haberse enterado de que para una persona del signo Libra, como ella, el derrotero del día ya estaba desbalanceado.

No bien terminó de ponerse el delantal negro, cuando una algarabía de mercado indio la llevó con premura al bar del hotel. Era Julio Del Alba gesticulando con los brazos levantados como nadando contra la corriente y vociferando sobre la cara de la joven mesera que no atinaba a reaccionar ante tal iracundo despliegue de ira masculina.

—¡Señorita, le he pedido un pisco sour catedral y me ha traído usted una capillita! ¿Ya no se puede tener un buen servicio en este hotel? —gritaba Del Alba moviendo sus brazos enfrente de su cuerpo. Verónica fue al rescate de su desorientada compañera que no atinaba calmar al ríspido comensal que ya tenía fama de malcriado y altanero.

—Lo siento mucho señor, ahorita se lo traigo —dijo Verónica retirando el vaso de la mesa. Presurosa le fue a increpar al barman del hotel.

—Jaime, un catedral, pues hijito, ya sabes o te lo deletreo: seis onzas de quebranta, tres onzas de jarabe de goma, tres de jugo de limón, una clara de huevo, cuatro cubitos de hielo y dos gotas de amargo de angostura, tú ya sabes, no me jodas la tarde.

—Aplicadita la compañerita —contestó sonriendo el barman bajito y enjuto.

—Este cliente es uno de esos que siempre anda de mal humor. Tipo raro. Así que aplícate tú.

—*Okay*, disculpa —le dijo guiñándole un ojo.

Mientras esperaba el trago y observaba los malabares de prestidigitador del barman para atender su orden, Verónica recordaba las palabras de Dari: «Aquí, en el Bolívar se creó el pisco sour catedral. Dicen que es mejor que el del Hotel Maury, donde se originó el pisco sour... Es una versión más potente que la original... se hizo para los cucufatos y pisqueros limeños de alta alcurnia... Después de asistir a la misa dominguera en la catedral, se desplazaban caminando por el jirón de la Unión hasta el Bolívar (era parte de su rito de exhibirse como buenos católicos) y como no tenían mucho tiempo entre la misa y el almuerzo familiar, pedían un pisco sour doble. Los mozos ya sabían: "Ya vienen los de la catedral", de ahí el nombre».

—Gracias princesa. Ahora sí me caes bien y con otro catedral, te voy a adorar.

Verónica no le dio importancia al comentario y se alejó de la mesa dejando a Del Alba revolviendo libros y papeles desparramados sobre la mesa alrededor de su ordenador portable, mientras se le vidriaban los ojos al sentir que la lengua le bailaba alocadamente al contacto con su trago. Julio Del Alba estaba empezando su cuarta novela *Noche negra en el Bolívar*. Verónica especuló que el hombre tendría unos cuarenta años y que de repente decía que era escritor para que aceptara todas sus impertinencias. «El hombre que dice que es policía, es para que le tengas miedo o creas que es un super héroe. Si dice que es escritor, es para hacerte creer que es un loco bueno», le comentó Verónica a una de sus compañeras. «Me cae mal. A veces mira mi cuerpo como si fuera a criticarlo. Sí, me cae mal».

Calmado el alboroto, se dirigió a la esquina íngrima y escondida en la que estaba esperando ser atendido el huésped que ella y sus compañeras llamaban "el hermoso". Atenderlo siempre era una manera de buscar un respiro dentro del ajetreo cotidiano.

—Buenas tardes. ¿Qué se va a servir el caballero?

Se alzó la penetrante mirada de un sujeto de tez blanca y dibujada barba rala que apretando los labios finos se acomedió a responder con suavidad:

—Solo un té con limón, por favor. Me gustaría ordenar la cena para mi habitación.

—Sí, como no… Le traigo el menú y yo misma le llevo lo que ordene.

—Gracias.

A este huésped, que había llegado hacía tres días al hotel, Verónica sí le tenía aprecio. Ella notó que siempre escogía la misma mesa que daba a la avenida La Colmena, casi en un rincón, como intentando cierta invisibilidad. Sus modales eran como los aleteos de un cisne elegante pero que no quería ser notado. Su mirada tímida y esquiva, sin un ápice de agresividad, en un rostro de rasgos muy finos, acompañaba una voz azucarada y de tonos bajos.

—¡Servicio…!

—Pase, pase, por favor… ponga el azafate ahí —le dijo apuntando a la mesita de noche—. Me sirvo después, cuando tenga hambre. Gracias. Pensará que soy un engreído causando molestias al personal de este gran hotel.

—No señor, de ninguna manera. Aquí estamos para servirlo —dijo Verónica acomodándose sus enormes gafas.

—Eso suena muy bien, viniendo de una mujer tan guapa. Gracias.

Verónica sintió que la sangre se le subía de golpe a las mejillas, le agradó lo que escuchó y se atrevió a lanzar una pregunta para evitar evidenciar su sonrojo.

—¿Está aquí de vacaciones o trabajo?

—Trabajo. Estoy dando unas conferencias en el Centro de Convenciones.

—¡Ah! —Verónica pudo observar varios libros sobre la cama.

—Conferencias, ¿sobre qué?

—Temas relacionados al género. Soy parte de la conferencia sobre las percepciones de la sexualidad y el género en América Latina.

—¡Ah! Interesante… —En ese momento Verónica intentó una huida discreta que no obstante fue percibida por Aróceda. De paso al ascensor, todavía sin admitir que el conferencista no solo le caía bien sino que también lo veía atractivo, escuchó otra vez el zumbido de la noche anterior, proveniente de la habitación 366, esta vez más claro. Instintivamente volteó el rostro, arqueó las cejas, se detuvo dudando si debería acercarse a la puerta del cuarto para escuchar mejor. *¿Habrá alguien?,* se preguntó y continuó su camino.

❧❧❧

Ya en su casa de Puente Piedra y después de haberle leído

a Pablito su versión de *Moby Dick*, una ballena con un genio del carajo, Verónica retomó el monólogo nocturno enfrente de la foto de su abuela. «Dari, espero que no te molestes si te cuento que me gusta uno de mis huéspedes del hotel… me cae bien, es muy suave y un poco tímido, ya me dijo que era bonita… Algo más… Hay algo raro en la habitación 366… He escuchado ruidos, zumbidos y supuestamente esa habitación está clausurada para el público. ¿Qué debo hacer? ¿Debo informar al jefe de servicios hoteleros? ¿Qué pensaría? ¿Que me creo el cuento de los fantasmas? ¿Que estoy buscando llamar la atención? Perdona Dari, pero no quiero pecar de cojuda… Quizá debería constatar por mí misma de qué se trata y luego informar si es que hay algo que informar. Un beso Dari, un día, diría, interesante».

Al día siguiente, una vez terminada la jornada de trabajo, que pasó sin mayor novedad, excepto por la cantidad de clientes buscando arroparse con un pisco sour en esa tarde fría, tomó el ascensor portando la llave maestra que daría respuestas a su curiosidad. Ella no creía en fantasmas a pesar de sus conversaciones con su difunta abuela. *Dari no es un fantasma*, se decía como queriendo subsanar el tema antes de entrar a la habitación.

Puso el oído sobre la puerta y solo escuchó el rasgueado de sus argollas haciendo contacto con la madera. Agitó los nudillos sobre la puerta como quien tiene muy poco tiempo para esperar una respuesta, contuvo la respiración y entró en la habitación cruzando el umbral con rapidez. Cerró la puerta tratando de no hacer demasiado ruido. Con su espalda pegada a la puerta cerrada, sus ojos de lechuza miope se abrieron y cerraron diseccionando el recinto. Todo olía a humedad guardada y el silencio cubría la habitación como abrazándola. Una nimia luz artificial se escurría desde la ventana que daba a la plaza San Martín iluminando los rostros antiguos en los cuadros de pan de oro. La alcoba mantenía el perfecto orden y los mismos muebles de las otras habitaciones con su inmensa cama de caoba, las mesitas de noche de mármol y madera, la roja y coqueta lámpara, la alfombra de colores transitados; pero, además, todo estaba cubierto por una capa de polvo sedoso. *Los fantasmas nunca aparecen cuando uno los busca*, arguyó sin apartar la mirada de la cama. Se acercó al borde de la misma, la quedó mirando buscando huellas de existencia humana. *¿Qué estoy haciendo aquí? Esto es una tontería… No me basta con mis problemas de supervivencia, ahora estoy buscando huellas del más allá. ¿Quién habrá arreglado la cama tan perfectamente?*, se preguntó regresando al mundo de los vivos y de lo posible. Se disponía a abandonar la habitación cuando el mismo tufillo helado que antes la perturbó en el corredor, la golpeó otra vez la nuca. Se tocó la parte trasera de la cabeza con dos dedos y salió al pasillo.

Eran cerca de las once de la noche cuando abandonó el hotel. Las calles del centro histórico estaban todavía llenas de personas que caminaban con parsimonia en grupos pequeños. Mientras ella buscaba el origen del zumbido fantasmal, los limeños habían estado protestando por el caos vehicular y por el cobro del peaje por entrar y salir de sus barrios: si querían ir a trabajar, tenían que pagar; si querían regresar a sus hogares, tenían que pagar. Los panfletos y pancartas que aún rodaban por las calles empujados por una ventisca irregular, poco antes fueron acompañados por voces estentóreas de una protesta masiva, y a esta hora solo rodaban como basura y mustia señal de que algo estaba pasando en esta ciudad que se resistía a vivir en el caos. Un panfleto se le enredó en los pies: "*¡Mudo de mierda, habla!*". "*¡Coimero!*". Se libró del papel casi dando unos pasitos que parecían sacados de algún baile chicha. «Sí, ¡habla carajo!», musitó.

—Disculpe, señorita, una colaboración para los damnificados.

—¿Cuáles? —Verónica le lanzó una mirada de alerta a la jovencita que puso frente a su cara una lata de leche vacía que operaba como alcancía. Trataba de adivinar si estaban robándole o si era una legítima voluntaria de una buena causa.

—Los afectados por los desbordes de los ríos Rímac, Chillón y Huaycoloro…

Verónica, sin abrir su cartera, hizo un rápido cálculo mental de su dinero y esbozando una sonrisa que no quería regalar, le dijo:

—No tengo sencillo, otro día será, lo siento.

—*Okay*, compañera… Lima se está yendo al carajo, estamos prisioneros de los peajes, los coimeros y los desbordes de los ríos, ya se cayeron treinta puentes… Todos tenemos que ayudar.

Las dos horas y media que le costaba normal y estoicamente llegar a su casa, esa noche se convirtieron en tres horas y media debido a la restricción del tránsito vehicular por los rezagos de la manifestación popular y la caída de los puentes que conectaban el centro histórico con los barrios populares, como Puente Piedra. Si bien su mal humor no mejoró, tuvo tiempo para analizar su experiencia noctámbula en la habitación 366. Dio varias vueltas mentales a su aventura y concluyó que no había encontrado nada y que todavía tenía muchas interrogantes: *¿Y los zumbidos? ¿Y el frío aliento en mi nuca? ¿Qué eran esos ruidos (parecidos a un vibrador, jajajaja)? Cojudeces, nada que informar.*

⊱⊰⊱⊰

Llegando a su casa, fue directamente a la cama de Pablito, se acurrucó junto a su cuerpecito y, mientras acariciaba su frente, sus pensamientos vagaron otra vez hacia la habitación 366 y murmuró con suavidad: «No hay fantasmas Pablito, no hay fantasmas», hasta que los ojos se le cerraron pesadamente llevándola a una profunda dormidera de sueños inquietos donde se mezclaban huéspedes aristocráticos del hotel, los clasemedieros y los que ya conocía, todos intentando cruzar el Puente de Piedra construido en 1608; redobles de tambores se mezclaban con el aullido de quenas, los silbatos policiales aumentaban el bullicio, la gente entre alocada y desconcertada solo quería llegar al otro lado.

Cuatro

Del Alba revolvía papeles en su mesa, bebía grandes sorbos de su pisco sour catedral, se sobaba las mejillas con las dos manos, pestañeaba como semáforo malogrado y no lograba la calma suficiente para continuar más allá de la frase con la que había empezado el primer párrafo: *"Para la mujer del 366 su soledad era su recinto más sagrado".* Al decidir escribir su novela encerrado en este corpulento edificio del pasado tratando de absorber la atmósfera que Fernando Ampuero narró con practicidad y estilo en *El peruano imperfecto,* quizá se imaginó que podía otear meseras y botones muriendo en cámara lenta con el Gran Hotel Bolívar, mientras seguía las pistas de los eventos extraños acontecidos casi medio siglo atrás. Sin embargo, lo que veía era un enjambre de bien intencionados y serviciales trabajadores tratando de resucitar un gigante y hasta parecían felices. Si todo el personal, viejo o joven, era lo suficientemente zalamero y eficiente, Verónica emanaba además una beatitud sensual, que no iba con el hotel que se moría a tropezones, según él. Ver a Verónica revolotear entre las mesas y sillas del bar como una elegante mariposa de mágicas alas blanquinegras, le hacía perder la concentración, hubiera querido mirarla diferente, pero no podía. Por alguna razón que no lograba entender sentía envidia de su frescura y su presencia ajena a sus torbellinos mentales. De ahí en adelante, solo quería llamar su atención para maltratarla. ¿Qué culpa tenía esta mujer de sus debacles amorosos y literarios?

Si tu casa es tu cuerpo grande, según el poeta Kahlil Gibran, el armatoste del Bolívar pertenecía a muchos cuerpos famosos que ya no existían. Los que le daban vida eran este enjambre de dedicados trabajadores, entre ellos Verónica, que obraban como un suero salvavidas dentro de su cuerpo *in extremis*. Transitar por los corredores del Bolívar debía darle a Del Alba esa sensación del pasado que ya no podía encontrar en el centro histórico donde todo lo arquitectónicamente interesante estaba en ruinas. Y, sin embargo, refugiarse aquí para escribir una novela de misterio le estaba resultando difícil, no sentía nada, todo parecía una pieza de museo mal conservada y era casi imposible ubicar a sus personajes en ese pasado misterioso y opulento. Todo le fastidiaba y ya iba bien retrasado con los plazos de la editorial. ¿Era el hotel? ¿Era Verónica? ¿O era él... ya sin imaginación desde su divorcio y las presiones de la casa editora? ¿Qué le pasaba?

—¡Señorita, otro catedral!

Tendido sobre la cama, sin haber removido las cubiertas, el doctor Quijandría tenía sus manos cruzadas sobre el pecho y dejaba que el Grundig siguiera cubriendo el cuarto con la voz de Bola de Nieve interpretando el bolero *Babalú*. Parpadeó hasta tres veces tratando de tararear la canción, al final solo logró acordarse de la famosa frase del cantante: *"Yo soy un hombre triste que me paso la vida muy alegre"*. *¡Quién como tú!*, se dijo acomodando sus pensamientos hacia el techo de la habitación. *Ya está listo el embarque... Espero que llegue antes de que Fidel se muera. Estamos muy cerca del final mi querida Winifred. Conspirar contigo siempre fue un placer... Debería ir a tu habitación, dejarme caer en la sombra tenue de tu cuerpo... Ya estamos cerca.* Medio adormitado, pasaron delante de él todos los engorrosos trámites que había tenido que hacer por más de dos años, desde su última visita a La Habana. Dada la animadversión entre el Gobierno estadounidense y el de Cuba, las piezas de arte deberían salir de su departamento en Nueva York hacia Lima y de ahí a México y llegar, finalmente, a La Habana. No había sido sencillo, ni tampoco barato, pero ya faltaba poco para embalar sus más preciados tesoros: minotauros de Picasso, *Torso blanco* y *Torso azul* de Matisse; dibujos hechos por pintores mexicanos de Kahlo y Orozco; retazos de telas de Nasca-Paracas; máscaras africanas de Angola y el Congo representando infinidad de espíritus, la belleza femenina y la muerte; varias piezas de marfil de China, destacando entre ellas una bola erótica que nunca supo cómo usar.

Fidel y Alberto Quijandría se conocían desde su camaradería juvenil en la Universidad de La Habana y se permitían confidencias muy personales. «Pronto ya no estaremos aquí Alberto, ¿has pensado qué vas a hacer con tanto arte que tienes en New York?», le había preguntado Fidel hacía dos años después de una larga noche de mojitos en la Bodeguita del Medio. No le contestó nada en ese momento, pero sí se acordó cuando le planteó una pregunta similar al comienzo de la Revolución. «¿Qué vas a hacer con tanta medicina a tu disposición en New York?». El doctor Quijandría se dedicó a la tarea de hacer llegar las medicinas necesitadas por el frente guerrillero. Después, se encargaría de las medicinas que los hospitales cubanos no podían obtener debido al embargo impuesto por el Gobierno de los Estados Unidos. Por esa época era más fácil contrabandear balas que medicamentos y el doctor Quijandría asumió su cometido con dedicación y pasión como cualquier otro revolucionario. «No todos los doctores pueden ser como el Che, pero somos igual de necesarios», le dijo en esa época a Winifred, su amante conspiradora.

Por su parte, el doctor Quijandría le advirtió que no se metiera con la alemanita Marita Lorenz, de dieciocho años, que andaba de calentona en La Habana de 1960. Años después, ella regresaría para intentar envenenar a Fidel por encargo de la CIA. *"¿Quién dice que el amor no mata?"* fue la escueta nota que le hizo llegar desde New York a propósito de ese *mortal love affaire* de Fidel. También le aconsejó que se tomara más fotos con Hemingway al notar en la revista *Life* que la misma foto entre Fidel y el famoso escritor aventurero se repetía varias veces en la edición, pero siempre con la misma camisa tropical de Hemingway. El encuentro publicitario entre Fidel y el escritor se había producido solo en un día. Alberto Quijandría, sabedor de la importancia de Hemingway y su impacto en la opinión pública norteamericana, notó este detalle de la camisa y le hizo llegar otra de sus notas clandestinas con sentir fraternal. *"Más fotos con Wax Puppy o al menos cámbiale la camisa"*.

Su conexión con el Hotel Bolívar empezó por esa época. Quién iba sospechar que un ricachón cubano-neoyorquino estaría conspirando a favor de la Revolución cubana desde el corazón de este palacete más importante que el mismo Palacio de Gobierno peruano. Aquí, con sus maneras caballerosas y zapatos italianos del diseñador Diego Della Verde, Quijandría se sentía cómodo cuando tenía que bajar al bar del hotel y descubrir que sus mojitos y sus daiquiris habaneros podrían ser reemplazados por un pisco sour catedral en medio de gente importante, tan mundana como él.

El doctor Quijandría siempre pensó que existía un paralelo casi dialéctico entre el bar la Bodeguita del Medio de La Habana, donde se inventó el mojito, y el bar del Bolívar, donde se creó el pisco sour catedral. En el primero, el aroma de la menta fresca se sentía desde la entrada; en el Bolívar era inevitable no sucumbir al efluvio característico de los limones norteños desprendiéndose de las alfombras belgas; ambos edificios se ubicaban en los respectivos centros históricos, muy cerca de sus catedrales, ambos hablaban de otras épocas. La gran diferencia la ponían los parroquianos y los temas de conversación de estos, antes y ahora. Los estirados y mundanos comensales aferrados al poder del dinero y al cine habían desaparecido del Bolívar. Los nuevos consumidores del Bolívar ahora hablaban de fútbol, de Miami, de cómo iban a regresar a sus casas en medio de manifestaciones, protestas, inundaciones; y si el alcalde de Lima era mudo realmente, tímido o un déspota coimero de mierda. En la Bodeguita del Medio, los habaneros y los visitantes extranjeros, sobre todo españoles y franceses, todavía hablaban de la Revolución sin revolución, de un mundo alternativo para todos y sobre todo de literatura. Los bebedores pasan, el buen trago se queda para siempre, en Lima y en La Habana, concluía Quijandría.

Cinco

Sebastián Aróceda había nacido con cuerpo de mujer, había jugado a las canicas, mataperreando con sus otros hermanos varones por las calles empedradas del barrio de San Telmo, en Buenos Aires; era hincha acérrimo del Club San Lorenzo de Almagro (el equipo preferido del Papa) y a pesar de su rapidez y manejo de la pelota nunca fue aceptado como un buen jugador, porque se le veía como mujer. Sus hermanos y compinches lo llamaban a jugar al fútbol solo cuando necesitaban llenar el equipo. Cuando decidió ser el hombre que siempre había sido, y dejar que la carcasa femenina desapareciera gracias a la ciencia, ya sus hermanos no jugaban con el balón, se habían convertido en espectadores, pero él continuó con aquel fervor futbolístico, jugando de mediocampista cuando su aglomerada agenda se lo permitía. Gozaba con los partidos de fútbol a la manera villera de sus ahora congéneres, y hasta lisuras podían salir de su boca; aunque, después de todo, él era un muchacho fino. No entendía la agresividad de su nueva tribu. Todavía se le hacía muy difícil ser un hombrecito de modales refinados e ideas radicales, sobre todo acerca de la sexualidad, en un mundo de hombres trogloditas. Desde los trece años, cuando entró a su transición hormonal, lo peor no había sido las cuatro inyecciones por mes en los glúteos, los parches o las píldoras, sino entrar y entender el abigarrado mundo masculino.

Cuando le propusieron venir a Lima como ponente en la conferencia sobre las percepciones de la sexualidad y el género en América Latina, escogió hospedarse en el Hotel Bolívar porque quedaba cerca al Centro de Convenciones, era tan antiguo como los edificios de su barrio de San Telmo y porque nunca se sintió cómodo con la algarabía plástica de los hoteles más modernos. Aquí en el Bolívar buscaba reclusión. Le habían contado que en el Bolívar pululaban fantasmas. ¿Acaso no había sido un fantasma los primeros trece años de su vida, viviendo en el cuerpo de alguien que no era él? Aquí se sentía cómodo, como tentando a ciegas un mundo desaparecido y uno nuevo ciertamente nebuloso.

En el Bolívar, le gustaba encontrarse con Verónica y verla como la mujer que él/ella hubiera sido. *Si hubiera sido mujer, me hubiera gustado ser como ella. Fuerte, despabilada. ¿Cómo hago para que me vea? ¡Me gusta!,* se dijo al observar a Verónica manejándose entre turistas, comensales ocasionales y bebedores habituales del Bolívar, con mucha gracia y presteza, deslumbrándolo con la geometría de su cuerpo en movimiento. Para él, Verónica era no solamente la damisela que pudiera haber sido, sino un cuerpo que le gustaría tocar como hombre, y esto lo alteraba. Sin embargo, no se sintió muy bien cuando la vio salir de la habitación 366 a altas horas de la noche. Una tristeza y muchas preguntas lo acompañaron a dormir esa misma noche. *¿No es esta la habitación poblada de fantasmas de otra época…? Todos los fantasmas son de otra época… Seguro que se encontró con su amante… ¿quién soy yo para juzgarla?*

Verónica decidió navegar una vez más por las catacumbas de su curiosidad y después de la jornada de trabajo subió otra vez a la habitación 366. En ruta a la caza de respuestas, repasó en su mente los posibles sospechosos de un uso furtivo de esa habitación, porque, después de todo, creer en fantasmas es un recurso desesperado, cuando ya no hay sino la fe para explicar lo inexplicable. Verónica estaba casi segura de que eran humanos los causantes de tantas trapisondas invisibles. Empezó con quienes tenían acceso a la llave de la habitación. Apareció primero la jefa de meseras: *¿No se estará tirando unos polvitos con estilo esta madura matrona? Tiene derecho, pero ¿con quién…? ¿Con el jefe* *de servicios? Él también tiene acceso a las llaves... Ah, y el truquito de los fantasmas sería para despistar... podría ser... En Lima siempre es peligroso ir a los moteles que abundan en cualquier esquina de todos los distritos. Los hay de diez soles y se hace contra la pared, de veinte soles y ya tienes cama con sábanas tipo chicharrón de prensa y papel higiénico de tela de araña, pero claro, siempre es jodido ir a lugares en que el ojo mal agüero de los que te conocen te puedan arruinar el escape divertido, y hasta te pueden asaltar... Aquí estarían seguros y con mucho estilo, me los imagino usando la misma cama de Cantinflas... Sí, un polvo gracioso y con estilo... ¿Y el viejito del sindicato? No, ese no, ya se le pasó el tren y ni con Viagra de mil miligramos (que no existe) podría... además ¿con quién? ¿con la misma matrona?, no, muy bichoco para estos menesteres de la carne.*

Con estas preguntas y aseveraciones llegó a la puerta de la habitación 366 y sin mayor trámite la abrió entrando raudamente. Otra vez el tufo húmedo de la habitación se le coló por las narices, apretó los ojos por unas fracciones de segundo y hasta trató de no respirar para evitar que el nudo de aire denso le causase un soponcio repentino. Instintivamente, palpando la oscuridad, se dirigió a la cama de caoba, la toqueteó y hasta la admiró en todo su esplendor de historias pasadas. Decidió echarse sobre ella. Su cuerpo se distendió y le agradó la sensación de abandonarse por completo sobre el mullido abrazo del colchón. Por un momento se olvidó de su misión y se dejó absorber por la necesidad de simplemente descansar. Sus brazos se estiraron hacia arriba, a la vez que relajaba su figura, terminando con un intento de agarrar el aire pesado de la habitación entre sus dedos crispados. Estaba lista a dejar escapar un profundo ¡*aaaah!* cuando el zumbido que había escuchado antes desde lejos reverberó muy cerca de sus oídos. Le tomó varios pesados segundos mover sus manos hacia la almohada y levantándola de un tirón encontró un teléfono celular. «¡Mierda!, ahora los fantasmas son digitales!», casi gritó.

El teléfono seguía vibrando y sonando como poseído por un insistente demonio cibernético. Medio acostada lo cogió con sus dos manos para ponérselo frente a su cara atónita. Apretó el botón para aceptar la llamada y pudo ver en la pantalla un vestido blanco de *organza* tendido sobre la cama en que ella se encontraba.

El vestido parecía habitado por un cuerpo de mujer a la cual no se le veía el rostro, ni las formas femeninas. Era como si hubiera sido inflado de antemano y flotase sobre la cama aristocrática. Verónica abría los ojos, pestañeaba, su rostro hacía muecas de incredulidad, hasta que terminó por apagar el teléfono y tirarlo sobre la cama. «¡*Vade retro!* o como mierda se diga».

Como siempre sucede cuando las personas se hallan con una respuesta no esperada, enfrentando una realidad que su cerebro no acepta, Verónica trató de ser más racional aún. Buscó una explicación a este hallazgo usando la información que ella poseía, la cual, dicho sea de paso, no era sino difusa y basada en suposiciones. Alguien lo colocó ahí. Los teléfonos no se transportan solos. ¿Quién lo puso en este cuarto y con qué finalidad? Se acordó de la cara sudada del jefe de servicios al pasar delante de la habitación… ¿Y si fuera uno de los personajes que se quedaban en el hotel? Su mirada recorrió la habitación una vez más, empujó el teléfono con las puntas de los dedos hasta dejarlo debajo de la almohada, arregló las arrugas de las cubiertas y salió de allí, no muy segura de lo que acababa de pasar. En su cerebro sentía una burbuja que no la dejaba pensar claramente. Cuando pasó por delante del bar del hotel en dirección a la salida, lo que vio o creyó ver, terminó por aumentar su perturbación: Los pocos bebedores noctámbulos en el bar eran los mismos que dejó en ese lugar varias horas atrás y todos parecían petrificados dentro de una neblina de humo gris. «Más fantasmas, carajo», se dijo apresurando sus pasos hacia la puerta del edificio.

♋♋♋

En su habitación de Puente Piedra, desnuda y cepillándose su larga retinta cabellera, Verónica trataba de razonar con Dari. «Tú no eres un fantasma. Te recuerdo sonriendo con mis ocurrencias de niña precoz y ahora tú estás aquí conmigo escuchando mis cojudeces de niña adulta... ¿Sabes lo que voy a hacer? Voy a interrogar a los tres comensales que se quedan en el tercer piso, puede ser que uno de ellos sea el causante de todo este fantasmagórico bolondrón. Un beso, Dari. Cuida a mi Pablito…

Ah, se me olvidaba decirte que Lima está cada vez peor».

⇜⇜⇜

Al día siguiente puse en marcha su pliego interpelatorio conforme iban apareciendo los comensales de la lista que tenía en su cabeza. Llegó puntual para la cena, como siempre, el doctor Quijandría. Verónica se le acercó y después de los protocolares saludos, le lanzó su primer dardo de preguntas.

—Disculpe señor Quijandría… Usted es una de las pocas personas que sigue hospedándose en el hotel desde hace mucho tiempo, ¿verdad?

—Sí, mi querida señorita, vengo aquí desde la época de los sesenta.

—¿Conoce entonces lo que sucedió en la habitación 366?

—Sí, esa historia es muy triste para mí.

—¿Por qué?

—Allí dejó sus últimos suspiros mi querida Winifred. —El doctor Quijandría movió sus manos nerviosamente buscando sobre la mesa un vaso que no existía.

—Perdóneme, no quería importunarlo.

—Éramos amigos muy íntimos, viajábamos juntos por el mundo. Le hubiera gustado a ella ver lo que ahora estoy acabando por fin… pero fue su decisión…

—Espere un segundo, le traigo su daiquiri.

Verónica regresó decorando el trago con una radiante sonrisa, lo puso sobre la servilleta para que el fresco sudor del vaso no dejara marcas sobre el blanco mantel. El doctor Quijandría lo tomó con las dos manos buscando calmar un ligero temblor que parecía anunciar un Alzheimer por venir.

—¿Ya se murió Fidel? —preguntó después de paladear con suavidad su trago.

—No sé —contestó con celeridad Verónica tratando de evitar que Quijandría cambiase de tema—. Me estaba hablando de Winifred…

—Winifred y yo hicimos muchas cosas por Fidel. Nuestra última misión estoy por acabarla sin ella… Ya no hay mucho tiempo.

—Siento mucho lo de su amiga, ¿cómo murió?

—Fue un jueves como el de Vallejo, pero aquí en Lima nunca llueve como en París. Me acuerdo claramente porque por esa época dio un golpe de estado el general Velasco Alvarado, había tanques por todas partes, especialmente en el centro histórico, no podíamos salir a ninguna parte. Había gente en el hotel que temía por su vida y sus haciendas. Muchos trataban de comunicarse con la embajada de los Estados Unidos desesperadamente. Nosotros nos reíamos y les decíamos que lo único que tenían que hacer era hablar con sus compañeros de juerga en el hotel porque todos eran espías. Nos quedamos encerrados aquí por tres días. La noche de ese jueves hicimos el amor más tierno y salvaje de mi vida. Me dijo que le habían diagnosticado cáncer al pancreas, ese cáncer que todos saben que es fulminante. Se puso su vestido blanco de fiesta, me dio un tierno beso en la frente y se fue a dormir para siempre a su habitación, a buscar su muerte. Ella siempre fue así, ella seleccionaba los escenarios de su vida. Me eligió a mí, y también escogió cómo morir. Pidió una manzanilla para poder dormir para siempre.

—Ah, se envenenó.

—Se fue a dormir para siempre.

—Si eran amantes, ¿por qué tenían dos habitaciones separadas en el hotel?

—Esa es una larga y complicada historia de amor.

—El vestido blanco, era de *organza*, ¿no?

—Sí, ¿cómo lo sabe? —junto con la respuesta y pregunta de Quijandría, Verónica recibió una mirada que le penetró el cerebro hasta el otro lado.

—Perdone, yo soy nueva aquí, hay rumores, historias… y yo…

—No se preocupe. Otro daiquiri, por favor. Hoy creo que no voy a cenar.

—Sí, cómo no.

Verónica se dirigió al bar y mientras esperaba el trago, pudo observar al doctor Quijandría tratando de mantener su cuerpo erguido y elegante, mientras que un cúmulo de recuerdos le achataban la espalda. No hay peor memoria que la que se quiere borrar.

Entonces, ya sabía algo más. El vestido blanco de *organza* era con el que murió Winifred, la amiga íntima del doctor Quijandría. Si existía un ánima recorriendo sus pasos en la habitación 366, esa tendría que ser Winifred, nadie más había dejado de existir en esa habitación con vestido blanco de *organza*. Dari le dijo alguna vez que los espíritus solo se aparecen en las casas vacías, como en este caso la habitación 366, y cuando tienen algo que decirnos. «Siempre queda algo que decir; ya que la muerte, por más calmada que se presente, siempre nos apura». Verónica razonó que si un fantasma penaba en la habitación 366, tendría que ser Winifred queriendo expresar algo. Sin embargo, en el mundo de los aparecidos aquello que la gente llama "lo real", debe tener otra lógica, concluyó Verónica, tratando de racionalizar sus hallazgos: *Nadie puede dictaminar cómo van a aparecer estos, no tiene que ser como en las películas de terror, moviendo sillas o cuadros y quebrando espejos. En todo caso, esos objetos son también producto de la tecnología humana. Quizá en estos tiempos, los espíritus puedan tener una mejor sinergia con otros objetos que antes no existían; después de todo, siempre será más fácil irrumpir en una onda magnética que no se ve que en una silla que se desplaza, un espejo que se rompe o algún otro sólido objeto haciendo de las suyas. Esa es mi lógica explicación a los batiburrillos provocados por el teléfono en cuestión. Claro, que también podría ser que el doctor Quijandría lo puso allí como un recordatorio morboso u homenaje a su amada Winifred.*

No bien acababa de ordenar estos pensamientos con cierta pedantería intelectualoide, cuando divisó al hermoso Sebastián Aróceda esperando ser atendido en su acostumbrada esquina escondida. Dejó el trago sobre la mesa de Quijandría y se aproximó solícita a la mesa de Aróceda, con el menú en la mano y algunas preguntas en su cabeza. Una duda se deslizaba, sin embargo, en una esquina de su cerebro: Cómo abordarlo sin dejar entrever su atracción por él y cómo no dejarle saber que era él un sospechoso más en su pesquisa sobre lo que acontecía en la habitación 366.

—Buenas tardes señor Aróceda, ¿qué se va a servir hoy?

—Hola Verónica. ¡Qué bien te queda esa blusa blanca!

—Oh, gracias. —Verónica supo de qué estaba hablando

Sebastián Aróceda cuando su memoria recaló en el espejo de su baño mostrándole su imagen coqueta.

—El blanco de la pureza insinuando un cuerpo de mujer…

—¿Trabajadora?

—Bella, Verónica, bella es la palabra.

—Ya me puso colorada, señor Aróceda… ¿Le gusta el blanco también en los vestidos?

—Bueno, solo si estás tú en ellos.

—Está usted un poco diferente hoy día. ¿Está todo bien en el tercer piso?

—Si te refieres a la habitación 366, eso me lo dirás tú.

Verónica no pudo contener su reacción de sorpresa dejando caer el menú que venía apretando sobre su pecho.

—¿A qué se refiere?

—Tú sabrás Verónica, tú sabrás… Me gustaría un pisco sour catedral y una causa rellena con pollo, por favor.

—Creí que usted no tomaba licor… ¡Oh, perdone…! Ahorita se lo traigo.

La información que acababa de recibir era ciertamente explosiva. Aparentemente, el conferencista bello sabía que algo pasaba en la 366 y también tenía cierta predilección por los vestidos blancos. Además, se mostraba muy misterioso al referirse a ella y la habitación 366: «Tú sabrás, tú sabrás». *¿Qué habrá querido decir mi sospechoso y galante huésped?*

Ya solo faltaba entrevistar al escritor cargoso, pero este no daba señales de vida. *¿Se fue del hotel al no poder encontrar la inspiración que necesitaba?* Ni bien terminó de hacerse esta pregunta cuando vio a Del Alba dirigirse a una de las mesas centrales del comedor. Venía mal trajeado, ojeroso, cargando una pila de papeles que luego desparramó sobre la mesa. Pidió que lo atendieran chasqueando los dedos en alto. Por supuesto que nadie le hizo caso, excepto Verónica que tenía motivos especiales para atenderlo.

—Buenas tardes, señor Del Alba, ¿le traigo un pisco sour catedral?

—Sí, por favor —le contestó sin mirarla.

Cuando Verónica regresó con el trago, Del Alba, ya organizado en la mesa, se apresuró a tomar un buen sorbo de su vaso, y luego, apretando las mandíbulas de puro placer, le dirigió la palabra a Verónica, que no se había movido del lugar buscando la oportunidad de cumplir su misión.

—Parece ser que hoy día sí nos entenderemos...

—Espero que sí... ¿Cómo va su novela?

—Qué le puedo decir, la novela anda mal y, por consecuencia lógica, el escritor también anda mal. Este edificio debería decirme algo para inspirarme. Es como si al verme llegar todos los espíritus que habitaban este inmueble se hubieran puesto de acuerdo para desaparecer. Es como entrar a un *theme park* y no al pasado.

—Mi abuela solía decir que nunca aparecen los espíritus cuando se les busca... También se dice que cuando el escritor tiene un bloqueo es porque está confundido.

—Confundido ¿yo? Puede ser, puede ser. Yo no estoy escribiendo una historia de fantasmas o aparecidos, mi novela trata de una muerte extraña en la habitación 366, pero una habitación vacía no me dice mucho.

—¿Ha entrado en la habitación 366? —interrogó Verónica abriendo sus ojazos de noche infinita.

—Por supuesto que he visitado esa habitación. Es lo primero que hice cuando llegué al hotel. Todo escritor tiene que investigar.

—¿Y?

—Nada, fue como mirar una tienda de antigüedades.

—¿No sintió nada especial o diferente?

—No. Pero, como le dije, yo no escribo sobre fantasmas.

—Entonces debería hablar con el doctor Quijandría. Él vivió la historia que usted quiere contar.

—¿Quijandría? Me suena ese nombre —dijo buscando encontrar algo entre el revoltijo de papeles y su libreta de notas.

—¿Va a pedir algo para cenar?

—Otro catedral, por favor.

—Le traigo el menú también, en caso de que se le despierte el apetito.

—Lo que necesito es despertar mi imaginación.

—Está confundido... ¿No habrá perdido también su celular? —preguntó Verónica con rostro incisivo, pero aun así tratando de parecer amigable y casual.

—No.

Verónica regresó al bar para ordenar el trago. *Este tipo está más perdido que clavo en el desierto... Lo saco de mi lista de sospechosos.*

A las ocho de la noche, Verónica se sentía exhausta después de haber zangoloteado de arriba a abajo atendiendo a los parroquianos de costumbre y de haber hecho de espía e investigador de fantasmas. Esperó que bajara la marea de bebedores en el bar y pidió permiso a la jefa de meseras para salir un poco más temprano con la excusa de que el caos en que se encontraba Lima por las manifestaciones, los puentes caídos y el tránsito cavernícola del servicio público, le habían impedido estar con su hijo durante la semana. La matrona aceptó a regañadientes: «Vaya nomás, pero no se acostumbre, todos estamos sufriendo lo mismo». Llegó a su casa justo a tiempo para leerle una historia a Pablito, que saltó en la cama como un monito de carretillero al verla entrar. «Hoy es viernes, ¿verdad? Es día de las brujas... ¿qué tal un cuento de fantasmas? *Los fantasmas también tienen miedo... a veces.* Ese libro me lo leía la abuela Dari».

Pablito se acomodó debajo del brazo de Verónica para poder ver los dibujos del libro y para sentirse cómodo junto a los latidos del corazón de su mamá. El niño quedó mirando con curiosidad la carátula del libro y preguntó:

—¿Por qué los fantasmas aparecen cuando todo está oscuro? Cuanto más oscuro, más fantasmas. ¿Quieren hacernos sentir miedo?

—A ver Pablito: los fantasmas no son malos ni buenos, son tímidos, por eso necesitan la oscuridad y, como lo vamos a ver en este cuento, también se asustan y lloran de miedo... *"Había una vez un fantasma en un castillo solitario. En el castillo más grande, más oscuro y más solitario que se puede imaginar vivía Bubuah, el fantasma. Sus gritos y aullidos eran tan terroríficos que podían helar la sangre de un dragón y el alma del mejor guerrero. Así se había convertido en el más famoso de los fantasmas, y así había conseguido que nadie quisiera acercarse al castillo. Lo que no sabía nadie era que Bubuah, en el fondo, solo era un fantasma llorón y miedoso. Como no quería estar solo y a oscuras, lloraba en cuanto se hacía de noche. Y como cualquier ruido le asustaba, chillaba con solo sentir los pasos de una hormiga. Y durante más de quinientos años no hizo otra cosa que llorar y gritar…".*

Pablito dejó volar su imaginación, sus ojos se le iban cerrando y la voz de Verónica iba desapareciendo dentro de un eco apacible, dando paso a una cadencia de sueño apretado y reparador. Como era ya su costumbre, Verónica lo arropó en su cama y le dio lo mejor de su tierna mirada, acompañada de una sonrisa más tierna aún, que le hizo encoger los hombros. Se dirigió a la cómoda, puso margaritas frescas, se quedó contemplando la foto de su abuela y después de un meditabundo silencio como para tomar fuerzas, dijo: «Tenemos que hablar, Dari… Yo no le estoy hablando a un fantasma, ¿verdad? Tú no eres un espíritu aullando penas, si nunca te quejaste cuando hacía canalladas infantiles, ahora menos, no hay penas cuando hablamos, solo mis quejas y mis laberintos… Tú nunca te fuiste y regresaste del más allá, simplemente estás en el mundo invisible, no otro mundo, estás en mi mundo que puedo tocar, sentir y también en éste otro que no se ve, nuestro mundo tiene su lado visible y su lado invisible… Yo no tengo que esperar el Día de los Muertos para que las puertas de los dos mundos se abran y podamos conversar, ni tengo yo que contratar a un chamán verdulero para que se dé una fusión instantánea de dos mundos diferentes. Cuando se cerraron tus ojos y dejaste de suspirar y soñar en este mundo visible, te fuiste a soñar al mundo invisible… tú, que me estás soñando o yo que te veo en mis sueños, y ahí nos encontramos, en el mundo invisible, cuando nos soñamos. No me creas impertinente por asumir que tú sabes todo lo referente a penas, fantasmas, aparecidos y espíritus volando. Es que no logro entender lo que pasa en esa habitación del Bolívar: un teléfono celular aullando como una pena cibernética, un vestido blanco de una difunta que se suicidó y que aparece en el teléfono… Ah, y ese tufillo fresco soplándome en la nuca. Todo me dice que si hay algún espíritu, ese debe ser el de Winifred, la difunta amante del doctor Quijandría. Una muerte como la de ella sí puede crear un espíritu en pena. ¿O es que todo se debe a un ardid establecido por los pendejos del Bolívar que tratan de recrear un pasado que ya no existe? El pasado nunca existe, estamos claros, pero aceptar eso no es fácil, ni para la gente del hotel, ni para algunos de sus huéspedes, como el doctor Quijandría, y otros como él. Seamos claros, este hotel, "Hollywood en Lima", como lo llamabas, es en sí mismo un espectro de cemento y ornato ecléctico en una Lima que se descascara a pedacitos y que solo existe en la imaginación de mucha gente, esa Lima de los abuelos, como la llaman ahora, nunca existió...Ya me cansé de estas ambivalencias y misterios del otro mundo. Mañana voy a enfrentar el toro por las astas o, mejor dicho, a los fantasmas por el teléfono».

❧❧❧

Se despertó más temprano de lo acostumbrando y, mientras se duchaba, sus pensamientos vagaron alrededor de sus helados de lúcuma en el jirón de la Unión, a la parsimonia elegante con la que Dari la llevaba de la mano hablándole de los edificios aledaños al Gran Hotel Bolívar. Por esa época, ella todavía no había visto las películas en blanco y negro que su abuela comentaba cuando pasaban frente al hotel; por lo tanto, a su manera, imaginaba príncipes y princesas gozando a lo grande dentro del hotel: bailando ritmos desconocidos, comiendo frutas exóticas y hasta cantidades enormes de helados de lúcuma. Sus ojos de niña curiosa se detenían en la puerta del hotel, desde la cual se desprendían unas potentes luces multicolores y detrás de éstas, se veían los rostros dionisios y de ojos zarcos de gente de otras partes de la Tierra. Ante esa puerta de maravillas llegaban carruajes jalados por caballitos blancos. No, hasta allí no llegaban los tranvías, los omnibuses, mucho menos los alocados taxis, solo carruajes coloniales o limusinas negras más grandes que los Büssings[2], que luego desaparecían como halcones alados por arte y magia de la imaginación de una niña de nueve años. Ella nunca deseó otra cosa sino admirar ese enjambre de gente feliz, nunca intentaría ser parte de aquel esplendoroso lugar, porque así son las fantasías, uno se contenta con saber que existen.

Terminó de arreglarse frente al espejo y al notar que sus

---

[2] Omnibuses de la marca alemana Büssing, pintados de color guinda y crema, administrados por la Municipalidad de Lima y la Empresa Nacional de Transporte Público (ENATRU).

pezones empujaban traviesamente la blusa blanca, sonrió, porque se acordó del huésped bello: si los príncipes de su imaginación existieron en el Bolívar, tendrían que haber sido como Aróceda, y todo comenzaría con un vals vienés y terminaría con un helado de lúcuma que tomarían en la cama de caoba… *Sí Verónica, estás mezclando mundos y entuertos.*

Seis

En la mañana, antes de su arribo al Hotel Bolívar, el movimiento de la informalidad comercial y el paso apurado de los transeúntes en el centro histórico tenía un descarrilamiento inusual. A la acostumbrada desorganizada presencia de los vendedores ambulantes ofreciendo chucherías que hacen que uno se pregunte cómo pueden sobrevivir comercializando cositas que nadie necesita, ahora se le sumaba la pintoresca multitud de venezolanos expatriados envueltos en su bandera tricolor, vendiendo arepas y refrescos tropicales, y como alteración de la rutina callejera, un fuerte contingente de la Policía Nacional con indumentaria de guerra. Los policías ya se iban ubicando en puntos estratégicos del cuadrilátero del centro histórico para mantener la anunciada protesta popular dentro de los parámetros previamente acordados con los dirigentes. Todos se alistaban para llegar a donde tenían que llegar y vender lo que tenían que vender antes de que el caos ya existente se convirtiera en un pandemónium cuando los ciudadanos empezaran a protestar. Al final de cuentas, o te unías a la protesta o maldecías que ese día no podrías hacer tus cosas de siempre, pero igual serías afectado. Pululantes altavoces montados en camionetas desbaratadas exhortaban a los ciudadanos a unirse a la protesta. «¡Puentes: reconstrucción!». «¡Tránsito seguro!». «¡Menos cemento, más parques!». «¡Lima es nuestra y no de los coimeros!». Mientras tanto, un grupo de dedicados voluntarios levantaba un tabladillo en la plaza San Martín con una gigantesca bandera detrás del escenario. Desde aquí, las voces airadas de los más representativos dirigentes vecinales demandarían una "Lima para todos".

A media tarde, cuando llegó Verónica al Bolívar, venía de rendir sus exámenes en la universidad y se le veía cansada y absorta en sus propios pensamientos, pero aun así pudo percibir el aire frío de la plaza San Martín cargado de una tensión que la puso nerviosa. Pensó que probablemente esa noche no iba a poder regresar a su casa a leerle sus cuentos a Pablito. Antes de cruzar el umbral del hotel, echó una mirada al tabladillo y a la gigantesca bandera estirada y se preguntó por qué los manifestantes siempre traen esa bandera tan enorme. *¿Qué quieren decir? ¿Que no son chilenos? ¿Símbolo de unidad? Cuanto más grande la bandera, ¿más convicción en la lucha?*

Nueve de la noche. Junto a los parroquianos de siempre llegaban al hotel los meones de la manifestación popular, algunos de éstos se quedaban un rato más para consumir una cerveza o una gaseosa y luego volvían a la carga para seguir protestando. Verónica solo esperaba que aquel ajetreo pronto se acabase para realizar su cometido en el tercer piso, pero la entrada y salida de comensales y meones parecía nunca acabar. Por fin pudo hacerse de la llave maestra casi al final de su turno y apenas le dieron el visto bueno, se dirigió a la habitación 366.

Dentro de la habitación, fue de frente a coger el teléfono que irritaba sus oídos con su aullar cibernético. Aceptó la llamada y el vestido blanco apareció otra vez flotando etéreamente sobre la misma cama en la cual ella se había tendido boca arriba. Observaba el vestido con aguda curiosidad femenina, le llamaba la atención la textura de la seda, la luminosidad de su blancura, los detalles de la confección. Llegó a la conclusión de que estaba bien hecho, que era ciertamente hermoso y que su dueña tenía buen gusto, estilo y el don de atraer las miradas de los hombres provinientes de lugares ignotos. Por unos momentos su imaginación metió su cuerpo dentro del vestido, se vio radiante y admirada y hasta deseada por esas mismas miradas extranjeras. Cerró los ojos y comenzó a tararear una suave melodía que a ella le sonaba antigua. Las imágenes del teléfono cambiaban en un *slide show* armonioso dentro del cual ella veía su cuerpo o imaginaba verlo. Cadenciosamente su piel se deslizaba dentro del material sutil de la seda entretejida en varias tramas; los pliegues naturales del vestido creaban tonalidades difíciles de discernir por los efectos de la luz. El cuerpo de Verónica entraba en el vestido y con ella, las sensaciones de un mundo opulento, de reina de Siria o China, cuya misión era exaltar sus sentidos.

Poco a poco el vestido mostrado por el teléfono se vio habitado por el cuerpo desnudo de Verónica que se dejaba llevar por la suavidad de la seda intrincada sobre su piel joven. Habitar toda la vestimenta le producía una ansiedad sobre lo que quería sentir. Ya con el vestido adherido a su piel, una energía subterránea se le subió a las manos y comenzó a acariciarse con delicadeza los muslos y el abdomen. Estiró y abrió las piernas lo más que pudo y el vestido se lo impidió. Éste no estaba hecho para una alocada bataclana, sino para una reina de la concupiscencia que sabe que el poder de la pasión llega lentamente sumergiéndose en una nube casi imperceptible de fluidos naturales. Sus finos y alargados dedos buscaron su pubis bajo el vestido.

A su tiempo llegó al vórtice de su trance orgásmico, del cual se recuperó con lentitud, dejando deslizar unas casi imperceptibles lágrimas por la ranura de sus ojos. Absorta, se incorporó mirando por la ventana que daba hacia la plaza San Martín de la cual se desprendía el bullicio de una ola reventando sobre el vidrio de la ventana. Asomada de costado, pudo observar un tumulto de gente corriendo en todas las direcciones. Los manifestantes estaban siendo reprimidos por la Policía Nacional con bombas lacrimógenas y potentes chorros de agua helada. La multitud en su huida no cesaba de gritar: «¡Lima es de nosotros y no de los coimeros!». «¡No nos moverán!». «¡Abajo la represión!». La gigantesca bandera del proscenio estaba ya lista para caer sobre los propios manifestantes, cuando una voz de mando desde los parlantes ordenó a los reclamantes ir hacia la municipalidad de Lima: «¡A la alcaldía, compañeros!». Si alguien hubiera filmado la toma de la Bastilla en París de 1789, esas hubieran sido las imágenes previas.

Con el pubis húmedo y todavía con dos lágrimas al costado de su rostro enrojecido, Verónica no podía reconciliar lo sucedido previamente en la habitación 366 y lo que pasaba afuera del hotel. «Lima se va a la mierda», murmuró enfurruñada. Observó la estatua del libertador San Martín, inmune al caos que se desenvolvía a sus pies, y hasta parecía muy graciosa con su auquénido en la cabeza. «Bájate del caballo, carajo, estamos en guerra otra vez», musitó mientras deslizaba su cuerpo a un costado de la ventana. Cubrió su cuerpo como abrazándolo y el eco del bullicio de afuera se confundió con el bip, bib, bib del teléfono anunciando el límite a la carga de su batería. Volteó su rostro desencajado para ubicar el fantasmagórico teléfono causante de su voluptuoso arrebato y no lo encontró. Sin saber a qué atenerse, se levantó abrazando sus pechos, se volvió a tender sobre las cubiertas y se quedó dormida.

Muy temprano en la mañana, aún confundida por lo ocurrido en la habitación 366 y lo que observó desde la ventana de la misma, bajó a la planta baja preparando una excusa por si se encontraba con algún supervisor que se percatara de que se había quedado a dormir sin permiso en el hotel. Pasó por el bar y de reojo pudo ver la misma escena de la otra noche, clientes bebiendo y rodeados por un humo plomizo. Nadie se inmutó al verla pasar. Cerca de la puerta de salida, encontró al viejo sindicalista con su indumentaria clásica de enterrador de pobres.

—Buenos días Verónica, extraña noche, ¿no? Ya eres de los nuestros —le dijo mostrándole una papeleta en la cual aparecía su nombre junto a una línea en mayúsculas: MIEMBRO DE LA COOPERATIVA DESDE…

—Gracias —dijo Verónica guardando el papel en su cartera y continuando su desplazamiento hacia la salida del hotel.

Al cruzar la puerta de vidrio y marco dorado, en su apuro casi se lleva de encuentro a Del Alba, que ingresaba medio borracho al hotel llevando de la cintura a una jovenzuela pintada y arreglada para una noche de juerga en una discoteca.

—Buen día Verónica. Tenías razón, el escritor estaba confundido… Y ya sé cómo salir de esta confusión. —Le hizo un pase de torero para cederle el paso.

Por fin llegó a la calle y la visión era desoladora: carteles rotos, palos quebrados, sangre mezclada con agua turbia en la calzada, papeles rodando, grafitis rabiosos en las paredes aledañas al hotel y la inmensa bandera de la noche anterior aleteando y a punto de caerse. Por la cantidad de policías, Lima parecía una ciudad tomada por un ejército invasor. La plaza San Martín, ya vacía de peatones, había cobijado la noche anterior una masa nacida de la furia, una muchedumbre de rostros agrios e inmutables que expresó su frustración con palabras de trueno. De todo eso solo quedaba un silencio tremebundo.

En la puerta del hotel, el rostro desencajado de Verónica se movía de un lado a otro buscando un taxi. Un Mini-Cooper color negro se detuvo delante de ella. Los instintos de Verónica se agudizaron al presumir un rapto perpetrado por delincuentes o por Seguridad de Estado. El vidrio polarizado de la ventana se desprendió con lentitud y apareció el rostro fresco y sonriente de Sebastián Aróceda.

—Hola, ¿te llevo a alguna parte?

—Sí por favor, estoy desesperada por llegar a mi casa para estar con mi hijo.

—Sube. —Se abrió la pequeña puerta del vehículo y Verónica se acomodó en el asiento dando un largo suspiro. Apretó los labios y se dijo para sí misma: *No todos los príncipes vienen en carruajes y limusinas… y hasta pueden tener acento argentino.*

Al doblar el carrito por la esquina de la avenida La Colmena, Verónica pudo escuchar la voz cantante del canillita, esos que ya no se ven mucho en Lima, anunciando las principales noticias del día, entre ellas: *"Murió Fidel, se acaba una era". "Arde Lima: Mudo no habla". "Ríos de arriba se vienen con todo".*

Santa Fe, abril 2018

Aprender a esperar frente al mar

A Teodoro Raúl

"Necesito del mar porque me enseña:
no sé si aprendo música o conciencia:
no sé si es ola sola o ser profundo
o solo ronca voz o deslumbrante
suposición de peces y navíos.
El hecho es que hasta cuando estoy dormido
de algún modo magnético circulo
en la universidad del oleaje".
—Pablo Neruda

Uno

Se abrió la pesada puerta de la casona ubicada en Santa Beatriz y apareció Mariel con una sonrisa de buenos días, siendo ya de noche y sin disculparse por la demora.

—Hola Mariel, ¡bienvenida! Soy Raúl, amigo de tu mamá —se adelantó Raúl mostrando sus dotes de anfitrión internacional, mientras le estampaba un beso en cada mejilla con risueño entusiasmo quinceañero.

—Mucho gusto Raúl. Mi mamá me ha hablado de ti. Gracias por venir.

—Bienvenida Mariel, soy Sergio.

—¡Sergiooo! —Y sus ojos se abrieron como alegres estrellitas de noches insomnes.

Sergio asimiló la espontánea reacción con sorpresa, elucubrando que Camille probablemente había hablado de él en un tono un poco más íntimo y personal a su hija. *Esta batalla la gano yo*, pensó admitiendo que una secreta competencia para ganar la atención de la francesita recién llegada se estaba incubando entre él y Raúl.

Esa noche, fueron al bar Ayahuasca en Barranco, donde los esperaba la compañera de Raúl para celebrar el arribo de Mariel. Sergio estaba seguro de que Raúl, sin mala intención, quería hacer sentir a Mariel que los peruanos eran mejores anfitriones que los chilenos (el viaje lo había empezado Mariel en Chile) y que él era uno de los buenos amigos de su madre cuando ésta vivía en Perú. Durante el jolgorio de chilcanos, Sergio se limitaba a sonreír y observar a Mariel con curiosidad arcana. Los chilcanos de todos las sabores y colores iban apareciendo al ritmo de la experta batuta de Raúl que no se cansaba de mostrar el alto nivel de sofisticación de los peruanos para mezclar el pisco con Ginger Ale Canada Dry, limón, kion (jengibre fresco), canela, hierbaluisa, granadilla, camu camu, aguaymanto y hasta con hojas de ruda, coca y eucalipto para la buena suerte y evitar los resfriados. «Ahora los chilcanos no solo saben bien, pero también tienen el poder de la alquimia», dijo Sergio con tono burlón buscando la mirada de Mariel.

Al final de la tertulia, durante la cual Sergio se la pasó mirando el cuello largo y níveo de Mariel, siguiendo las líneas oscuras de sus venas pulsantes hasta que éstas desaparecían en algún lugar de una larga avenida de piel fresca, decidieron ir a caminar hasta uno de los acantilados de Barranco.

Se apostaron detrás de la pequeña iglesia que adorna el parque dedicado a Chabuca Granda. Desde ahí adivinaban la presencia del mar por los murmullos de las olas que no se podían ver debido a que aquella era una noche de oscuridad obtusa. A la izquierda del divisadero, las luces de Chorrillos se filtraban casi agonizantes entre la neblina y les creaba la sensación de una ciudad adormecida por los cantos de sirena que llegaban a sus costas sin ser vistas. El fresco paisaje nocturno mezclado con la cantidad de chilcanos que habían ingerido los hacía sentirse rodeados de buenas vibraciones absorbiendo las cachetadas salobres de una brisa tímida pero persistente.

Mariel no hablaba mucho pero se le notaba inserta en una alegre parquedad donde ella era el centro de las atenciones de los amigos de su madre. Por un instante se separó del grupo y se quedó observando la enorme y resplandeciente cruz montada en una de las colinas de Chorrillos. Con una sonrisa de aturdido turista, esa que no quiere ofender, les preguntó qué hacía esa luminosa cruz ahí. Sergio se le unió y contestó a su interrogante con socarronería: «Para hacer sentir culpables a los amantes». Intercambiaron miradas risueñas y Sergio creyó ver por un instante muy breve unas alas de mariposa adormecida en la línea de la sonrisa de Mariel.

Raúl los llamó para tomarse una foto para el recuerdo. «El trencito de la amistad», les dijo. Le pidieron el favor de tomarles la foto a un distraído transeúnte que parecía también gozar de la noche barranquina bajo los efectos de una buena hierba. En esta foto aparecen los cuatro, uno detrás de otro, todos conectándose con las manos en la cintura, excepto Sergio que puso sus manos sobre los hombros de Mariel tratando de no incomodarla.

Dos días después, Mariel y Sergio emprendieron un asendereado periplo turístico por Pucallpa, el cañón del Colca, Machu Picchu y la isla Taquile en el lago Titicaca. Cuando se encontraron en el Aeropuerto Jorge Chávez muy temprano en la mañana de un lunes de junio de despedidas y recibimientos multitudinarios y errantes, Sergio divisó a Mariel desde el segundo piso del aeropuerto donde estaba tomándose un *espresso* doble. Mariel portaba un enorme vaso de café como si fuera la última parada antes de perderse en una región descafeinada y una gigantesca mochila que le hacía parecer más diminuta. La veía tratando de ubicarlo moviendo con elegancia el mismo cuellito blanco y fresco de la noche barranquina, cual gansita perdida entre una muchedumbre de apurados viajeros. La quedó mirando por unos breves momentos antes de pasarle la voz. En su amistad de más de veinte años con Camille, el tiempo había transcurrido como un tren descarrilado sin estaciones donde detenerse desde que ella salió del Perú y ahora, de pronto, se detenía para arrojarle la presencia agraciada de Mariel, la hija de su amiga de tanto tiempo.

—Buenos días mochilera. ¿Nos vamos? —le gritó desde donde estaba.

—Buenos días Sergio ¡Síííí! ¡Vámonos! —dijo mientras se aproximaba a Sergio mordiendo una sonrisa amplia.

Procedieron a saludarse y Sergio sintió que los besitos apurados le dejaban un calor amigablemente coqueto en las mejillas. Tuvo que admitir para sí mismo que Mariel le incitaba una aguda y agradable curiosidad cada vez que ella le clavaba las olas verdes de su mirada joven.

Dos

Los chalacos, como si se hubieran puesto de acuerdo o siguieran el mandato de sirenitas alegres y concupiscentes, empezaron a tener familias numerosas y a sentir que vivir frente al mar era un privilegio y una suerte del carajo. Eran los primeros años de la década de los cincuenta y gracias al *boom* exportador creado por la guerra entre Corea y los Estados Unidos, quien no era pescador, marino o estibador, era maestro, policía o empleado público. Trabajo había, diversión había y hasta el Atlético Chalaco ganaba partidos de fútbol en Lima al temido rugido de: *"¡Chim...pum! ¡Callao!"*.

Por supuesto que también había todo lo que en un puerto suele haber: bares manejados por chinos o japoneses, abiertos las veinticuatro horas del día, con olor a aserrín mil veces vomitado y orinado, prostíbulos de suculentas matronas cuyos nombres privilegiados se irían a otros países en los brazos tatuados de sus clientes (un marqueteo para toda la vida), vericuetos y escondrijos donde se conseguía drogas de diversa índole, entre las que la cocaína era la señora de las noches y la "cerveza más cerveza" se consumía en ingentes cantidades, pero sobre todo, había mucha, mucha música y la vocinglería del puerto era una sinfonía desarreglada del progreso.

Se podría decir que a pesar de la mala reputación del Callao, por ser un puerto donde las normas y estilos sociales son un tanto diferentes, el primer puerto de la república de los años cincuenta era una ciudad alegre y desbordante. Era como una casa abierta de par en par con gente entrando y saliendo con la premura de sus cargamentos extranjeros y sus vehemencias de besos listos para la partida, antes de que todos ellos se volvieran a acostar en la larga noche de la travesía en donde todo era silencio de nicho.

Por esta época, la calle Miller y sus alrededores empedrados adquirieron un lustre especial debido al trajinar de la muchedumbre de apurados chalacos yendo al puerto a trabajar, los chifas esparcían constantemente sus aromas culinarios con bocanadas tentadoras en cada esquina, los bares italianos, como el Rovira, se reinventaban con tragos como el famoso Capitán (pisco y vermut) y la arquitectura congelada de los años veinte cobraba vida otra vez, mezclándose con la efervescencia del nuevo auge comercial que demandaba hoteles, oficinas y centros de esparcimiento. El Pasaje Ronald, un edificio construido en los años treinta, con escaleras de mármol y bustos de los grandes poetas y músicos europeos, fue uno de estos lugares que volvió a albergar oficinas y negocios, mientras que en otras esquinas turbias, empotrados mascarones de proa observaban el paso de sus transeúntes insidiosos. Todos los sentidos absorbían este tiempo de bonanza mientras los pitos coléricos de barcos y ferrocarriles se disputaban los pocos momentos de silencio en el puerto que no dormía; todos los olores del lugar emanaban sin control: pescado fresco, guano, pan recién horneado, mondonguito a la italiana, arroz chaufa, caña de azúcar, cobre, cerveza y esperma.

Mientras esto sucedía en los alrededores del terminal marítimo, al otro lado, en sus orillas pedregosas, en la Mar Brava, el general Odría mandó construir un complejo habitacional de ciento cincuenta departamentos encajonados en seis bloques de cemento, llamado la Unidad Modelo. La Mar Brava, bautizada así por los españoles, para diferenciarla de la Mar Mansa que era el puerto y bahía del Callao, era el límite de la frontera que contenía el crecimiento poblacional del Callao y a sus orillas se construirían estos departamentos de interés social.

Lolo Chacón trabajaba para la Compañía Guanera e intentó hacerse propietario de uno de estos departamentos recién construidos. Tuvo que presentar decenas de papeles y certificados que lo acreditaban como empleado público con trabajo estable y con una familia tal y como Dios lo manda. Aun así, cuando todos sus papeles estuvieron en regla, todavía tuvo que invocar a todos los santos en los que no creía sino en situaciones de emergencia para que su nombre saliera agraciado en el sorteo de los que esperaban con papeles en mano. La buena noticia le llegó al señor Chacón por correo certificado: el sueño de la casa propia se le hacía realidad. En este departamento de dos dormitorios con vista privilegiada a la Mar Brava, crecieron los hermanos Chacón, Mario, José y Sergio, ensayando miradas fieras que desafiaban la arrebatadora brisa marina y a sus vecinos malandrines de los Barracones y el Barrio Obrero No. 5.

Los hermanos Chacón se acostumbraron desde muy niños a respetar la crujiente presencia del mar durante el día y a imaginar gigantes masticando y vomitando rocas durante las noches brumosas. En la mañana muy temprano, antes de ir a la escuela, los monstruos desaparecían y la línea del horizonte les parecía a veces más cerca o a veces más lejos de su departamento de la Unidad Modelo. Adivinar qué había detrás de esa frontera movediza motivaba largos debates entre los hermanos y nunca se pusieron de acuerdo, porque cada uno fantaseaba a su manera.

Sergio, el menor de los hermanos tuvo la suerte de asistir al Jardín de la Infancia creado dentro de la Unidad Modelo. Durante los dos primeros años todo funcionó con una eficiencia casi germánica. Los niños recibían desayuno y almuerzo, útiles escolares, vitaminas de hígado de bacalao, tomaban siestas con los valses de Strauss como música de fondo y gozaban con un minizoológico con lagunita donde se paseaban orondos pavos reales, patos, conejos y cuyes. La Primera Dama, María Delgado de Odría, realizaba sus visitas navideñas al Jardín de la Infancia y los niños recibían tantos regalos que podían compartirlos con sus hermanos mayores y con los vecinos que no asistían a esta escuela. Los soldaditos de plástico, las pelotas de vivos colores, los camioncitos lecheros y muchas fotografías iban acompañados de una rascadita de cabeza y una sonrisa mediáticamente maternal.

Sin embargo, al segundo año, la Primera Dama ya no vino, y el paraíso urbanístico frente al mar comenzó a perder su encanto y dentro de él, el Jardín de la Infancia. Las vitaminas brillaban por su ausencia, la leche se aguó y el minizoológico pasó a ser parte de la dieta proteínica de los estudiantes con los consabidos traumas psicológicos causados por la tragedia culinaria de haber devorado a su mascota preferida. Las fuentes de agua se secaron, los jardines se marchitaron, la estación de policía cerró sus puertas con los policías adentro, y a las orillas de la Mar Brava, lenta pero inexorablemente, a mediados de los años cincuenta, se fue creando una larga isla de pobreza y decadencia que parecía amurallar la fuerza ciclópea del mar y envolver la Unidad Modelo. La tierra prometida se convirtió en tierra de nadie frente al mar y rodeada de tugurios y "gente de mal vivir", como diría la abuela de los Chacón.

Tres

De garabatear con líneas punzantes las primeras páginas del libro que venía leyendo (*El hombre que amaba los perros* de Padura), que luego se convertían en dragones y murciélagos caprichosos, Sergio pasó a buscar sus instrumentos de trabajo como una última excusa para no reinsertarse en su lectura. Un lápiz, un sacapuntas, un marcador amarillo, sus infaltables *stickies* color naranja y una libreta de notas de pasta dura iban alineándose sobre la mesa del bar. Cuando los pudo observar en perfecta formación sobre el lado derecho de la mesa, aceptó irremediablemente que ya no tenía más cosas que poner sobre ella y que era hora de meterse otra vez en la novela. Al hojear el libro como calculando cuánto tenía que leer, encontró la postal que le había escrito a Mariel. Midió la distancia entre el bar en que se encontraba y la oficina de correos. *Ya estará cerrada la oficina*, pensó. Mentalmente repasó su vocabulario en francés para hacer la transacción al día siguiente. *«Postier,* cartero», pronunció casi murmurando. «Cómo olvidar ese ajeno personaje, de zapatotes gastados y raído uniforme tocando tantas veces su puerta anónima; el intermediario de la alegría filial y el amor paterno. Ese era el cartero, nuestro cartero. Me pregunto ahora si este personaje tan cotidiano en nuestra niñez supo lo importante que era su presencia para nosotros, (quizá sintiendo como alguien ya lo dijo *"quisiera ser cartero de los tristes, para que ellos bendigan mis zapatos"*), hasta el punto en que cuando nos preguntaban en el colegio qué queríamos ser cuando fuéramos adultos, mis hermanos y yo nunca dudábamos en responder: ¡cartero!». Esbozó una sonrisa, esa que acostumbraba a conectar con recuerdos placenteros y se dispuso a leer la novela.

Este ritual casi maníaco de ordenar sus instrumentos de trabajo, auscultar pausadamente la playa en frente de él y buscar signos familiares de sus orillas lejanas y recuerdos bonachones, se venía repitiendo cada vez que bajaba a la boca de la bahía antes de que el sol abandonase su puesto de batalla contra la oscuridad de la noche.

Todo era diferente en la bahía de Côte Sauvage, ubicada en el noroeste de Francia, al otro lado de las aguas de su niñez. A los cuarenta y ocho años el océano tenía otro nombre, la playa se veía apacible, limpia, acogedora y en otro idioma, pero, al fin y al cabo, estando frente al mar sentía la misma impertérrita expectativa de esperar que algo va a pasar. La misma sensación de un capítulo inconcluso que promete algo de felicidad o castigo, ya sin el horóscopo marino de sus pasos jóvenes y fantasiosos. Estaba por fin al otro lado del horizonte y se preguntaba si algún otro niño de siete años estaría en ese preciso momento, en esa misma ventana magullada de su departamento de la Unidad Modelo, tratando de imaginar qué había al otro lado de esa línea. Su respuesta categórica sería a estas alturas: esperas, interminables esperas, como siempre.

Cuatro

Los hermanos Chacón seguían soñando y creando fantasías frente al mar, sobre todo cuando ya no tenían la libertad de jugar por el barrio que se había tornado peligroso. Desde la ventana de su departamento veían la isla El Frontón, alojada en el lado derecho del horizonte, como un ciclópeo y adormitado lobo marino, siempre pendiente de las bondades y maldades de los chicos del barrio. En la noche observaban las sirenitas fosforescentes rascándole la barrigota al gigantesco lobo marino para mantenerlo quieto y apacible, de tal forma que, tumbado donde estaba pudiese contener el asedio de las marejadas que se volcaban sigilosa pero contundentemente hacia el Callao. Así, desde lejos, percibían a la lúgubre isla-penal con sus luces chisporroteantes, cobijando a muchos avezados delincuentes y a comunistas por el delito de proclamarse antiimperialistas.

Las fábulas que los hermanos Chacón concebían durante el día eran luego perfeccionadas a lo largo de las agudas noches de invierno. Cada uno traía lo último de las noticias y chismes circulando dentro del barrio: un atrevido "batería" que era secuestrado por las olas; un "barrunto" que se iba a la "cana"; una mujer que deambulaba en la playa, vestida de negro, llorando e implorando que el mar le devuelva su marido pescador; una santita que hacía milagros después de amar a muchos delincuentes en las orillas de piedras redondas y mojadas; un pirata enano flotando en pedazos de un barco fantasma; un desesperado mensaje de amor dentro de una botella de cerveza extranjera; un tentáculo de los siete que le faltaban a un pulpo titánico y azulado.

Los retazos de estas historias eran cogidos a la volada entre idas y venidas a la panadería del Chino Santiago, al colegio o cuando les tocaba pagar veinte centavos para ver en la televisión de don Sánchez a *Betty Boop*, *El Llanero Solitario* y *Los Patrulleros del Oeste*; aquí recibían lo ultimito de las noticias entre comercial y comercial televisivo y, luego, los Chacón reinventarían todo desde la ventana de su niñez adivinando desenlaces, mezclándolos e intuyendo que muchas cosas no mencionadas abiertamente pasaban a su alrededor y frente al mar. Con el tiempo, la familia Chacón y otros como ellos, se acostumbraron a las bravuconadas de maremoto, al carrasposo ruido de las olas vomitando espuma turbia sobre las piedras y a las aventuras delictivas de los alocados vecinos sobreviviendo con diferentes reglas de juego frente al mar. A lo que nunca se habituaron, sin embargo, fue a manejar el silencio del oleaje. Cuando el gorgoteo del mar no se percibía, entonces, todo el mundo sabía que algo terrible podía pasar.

Los Chacón aprendieron a ver a la Mar Brava como el oráculo que anunciaba buenos y malos presagios: lo grisáceo de la espuma de las olas algo les comunicaba sobre el día a vivir; el hedor de las correntadas salobres, denso o acariciante, dictaba el ritmo de sus pasos infantiles. Hasta las aves marinas tenían algo que decir. Cuando la línea apretada y negra de aves guaneras aparecía en el horizonte, la algarabía familiar se tornaba histérica porque anunciaba el cambio de estaciones y con esto, la presencia deseada de su padre Lolo Chacón.

Los pelícanos, gaviotas, guanayes y piqueros iniciaban su migración anual al final del verano peruano hacia el norte, buscando otras islas y, por lo tanto, pronto, muy pronto, Lolo Chacón iba a llegar a casa. Este era el anuncio infalible y plumífero del horóscopo que los alentaba o desanimaba en un tiempo de esperas interminables.

El ritmo de sus pasos traviesos y despreocupados se vestía de un orden y efervescencia poco usuales. Lolo Chacón, su pirata casero, llegaría y con él todo tendría que funcionar diferente y con exactitud teutónica: los buenos modales, las muestras de cariño, las cenas puntuales, la pulcritud del departamento y, por último, las muestras de que estaban creciendo bien, como los grumetes disciplinados de la tripulación hogareña de papá Chacón.

���

Los chicos Chacón veían a su madre desenredar sus mejores sonrisas, delantales y vestidos de verano en otoño y las cenas dejaban de ser los improvisados encuentros alimenticios, para convertirse en verdaderos opíparos eventos al gusto del *gourmand* recién llegado. Todo tenía que ser perfecto: el vino Sauternes —en su versión peruana y barata— con su hielito para bajar su sabor dulcete, la gelatina con la consistencia adecuada —ni muy dura, ni muy aguada—, el lomo saltado tal y como él lo habría soñado a la distancia.

Terminada la cena, la felicidad hogareña se desparramaba como un aliento navideño, mientras Lolo Chacón miraba a sus polluelos satisfecho de sus modales y alegrías contenidas. Sin embargo, el momento temido por todos los niños Chacón no tardaría en llegar. Su madre, después de levantar los platos de la mesa, haría un recuento minucioso de sus adelantos y malos comportamientos, una larga letanía de quejas, aciertos y necesidades acompañaba cada nombre. Cada uno de los hermanos esperaba atribulado su turno en frente del juez-capitán que fumaba lanzando profundas bocanadas de humo en la penumbra de la salita, con Fausto Papetti y su saxo tenor como cortina musical. *Orillas Dormidas* chirriaba el instrumento, mientras la señora Chacón, actuaba a la perfección su doble papel de fiscal-abogada presentando los casos de mal comportamiento del marinerito en cuestión, justificando el porqué de sus pesares y terminando con un conglomerado de alabanzas que convencían al más agnóstico de los jueces, acerca de lo buenos que eran los hermanitos Chacón, después de todo. La señora Chacón siempre omitiría presentar las diabluras más canallescas ocurridas durante la larga ausencia de papá Chacón.

Al final, una vez que se develasen las olas de humo que esparcía el dragón marino para exagerar su inefable imagen de gran torturador, un conciliábulo de niños debatía lo que iba a pasar. Cada cual argumentaba sobre un futuro Armagedón. Otra vez, la espera era su peor castigo a pesar de las consultas urgentes a su zodíaco de aves guaneras pasando y algas deformes en las orillas de la Mar Brava.

Cinco

Côte Sauvage, en la península de Quiberon al norte de Francia, se le presentaba a Sergio como un pueblo fantasma, por ser principio del invierno y porque la horda de turistas que venían para el verano ya había desaparecido, dejando que los lugareños se adueñaran de sus propias calles casi desiertas. Côte Sauvage, acostumbrado a los turistas, no se iba a inquietar porque uno de estos forasteros itinerantes se quedase un tiempecito más, observó Sergio. Algunos bares a lo largo de la playa habían cerrado hasta nuevo aviso y los pocos que permanecían abiertos recibían a los lugareños que preferían recibir las noticias pueblerinas con un vaso de vino, de cerveza o un Lilet, en vez de comprar el aburrido diario local. Sergio escogió el bar Bristroquet para sus tardes de esperas porque todavía tenía las mesas afuera y su selección de cervezas era amplia y variada.

Su rutina en Côte Sauvage empezó al segundo día de su llegada a la casa de Camille. Quería tener la oportunidad de leer y quizá escribir frente al mar, pero, por sobre todo, esperar a que Mariel apareciera en la playa tal cual habían quedado. Camille le entendió a medias su esbozo de rutina, de la cual Sergio omitió el asunto con Mariel. Los viejos amigos tuvieron que negociar los arreglos de su estadía. Camille quería tratarlo como un huésped especial; Sergio deseaba ser tratado como un compañero de hogar: cocinaría algunas cenas, le ayudaría con el jardín y la limpieza de la casa, se ocuparía de la leña para el fogón a cambio de un lugar para dormir y poder trabajar en sus escritos y lecturas. Le agradeció con una de sus mejores sonrisas la oferta de atenciones, pero le hizo saber que él necesitaba su espacio y su propia rutina. Para acentuar su determinación, después de agradecerle profusamente el hecho de que ella haya pensado en ponerle un escritorio en su habitación, le dijo esperando su comprensión: «Yo necesito mirar el horizonte, la calle, a un árbol o a algo en que fijar mi mirada entre línea y línea. Así yo leo y escribo…».

Empezó a bajar a la bahía todos los días, momentos previos al atardecer, armado de un libro y sus instrumentos de trabajo, como un pintor dispuesto a capturar las sensaciones del ocaso con palabras y recuerdos, mientras esperaba a Mariel. Cada día, casi a la misma hora, dejaba que la puesta del sol obrara su magia, dejándose enternecer con las ventiscas vibrantes y frías y un concierto de colores efervescentes que iban desapareciendo poco a poco, como las pinturas de un loco artista que quiere ser intencionalmente perecedero. Sergio siempre daba por terminada su espera cuando las fibras de luz se opacaban, sabiendo que otros atardeceres expectantes se avecinarían.

Cuando una estela anaranjada se reflejaba en la mansedumbre del mar, cuando los pasos de las parejas de ancianos que paseaban a lo largo de la playa se tornaban más lentos y cuidadosos, cuando las gaviotas con su vuelo desgañitado irrumpían en el silencio de la tarde buscando sus nidos nocturnos y cuando misteriosos aromas, mezcla de pieles buscando acurrucarse entre ellas, se colaban alrededor de él antes de que la oscuridad lo invadiese todo, era el momento de regresar a la casa de Camille.

La aletargada mirada de Sergio se extendía sobre el horizonte buscando retener en su cerebro los últimos latidos de la tarde que lo acompañarían a subir la cuesta hacia la casita. Esta vez encontró un bote solitario de vela azul intenso, regresando al puerto. Era la hora de la marea alta y los vientos cambiaban constantemente de dirección. Sergio imaginó, sin mucha precisión, los enredos del tripulante para mantener el barquito en la dirección deseada. Sus ojos viajaban con la pequeña embarcación y, a intervalos cada vez más cortos, se detenía en las agujas de su reloj para encontrar que las perezosas no se habían movido del espacio en que las había dejado.

Seis

Durante la campaña guanera que duraba nueve meses, el barco cisterna que comandaba Lolo Chacón hacía su trayectoria desde los puertos cercanos de la costa a cada una de las doscientas cincuenta islas que formaban el sistema de extracción del guano administrada por el Estado peruano. Mientras Lolo Chacón seguía su rutina acuática, los tres jinetitos de su apocalipsis casero crecían aprendiendo a esperar y desear su presencia, una carta con nombre propio o un regalito esotérico proveniente de altamar.

La misión de los lobitos marinos domésticos era crecer y amodorrar la espera con sabor cotidiano. Aprender a esperar, siempre esperar, como que la vida no era otra cosa que estar en una larga fila aguardando que les llegase el turno para la alegría desbordante, el cariño afable, la mirada condescendiente, la aprobación paterna, las lecciones para la vida adulta, la sensación de familia completa y hasta los ineludibles castigos.

Para amainar el tiempo de espera y ensanchar la paciencia, la señora Chacón les enseñó a sus hijos a ejercitarse desde muy temprana edad en el viejo arte epistolar o la manera de decir las cosas muy sumariamente, a distancia y por escrito, mientras aguardaban por su deseado momento de normalidad familiar.

Entre cartitas de ida y vuelta, navidades y cumpleaños pospuestos, los muchachos Chacón recibían regalitos que su padre les mandaba para mantener el cordón umbilical de la relación paterna. Los barquitos y avioncitos de madera hechos a mano y minuciosamente pintados aparecían para matizar la ausencia del papá distante. Lamentablemente, estos trofeos de la memoria se fueron perdiendo entre mudanza y mudanza mientras los Chacón crecían y cambiaban de casa. Por esa época también les llegaron raros peces disecados que nunca podrían haber imaginado que existiesen, huevos de aves guaneras con pálidos y desnudos colores, pescado seco y salado para preparar el famoso bacalao de Semana Santa y el muchame que la señora Chacón cocinaba con mesiánica dedicación. El mar los privaba por muchos meses de la presencia de su padre —ese marino que les decía que la mejor foto del puerto es desde la cubierta del barco regresando—, pero les arrojaba a la orilla de su niñez fantasías, deseos y chucherías que todavía inundaban los crepúsculos solitarios de un Sergio cuarentón que seguía esperando frente al mar.

❧ ❧ ❧

En la adolescencia, y con toda la escenografía urbanística de la Unidad Modelo en ruinas, se trataba de no dejarse engullir por la cultura malandrinesca que rodeaba a la vecindad. Las caras curtidas por la sal castigadora, la hermana mayor de las drogas, el alcohol clandestino y sabe Dios qué otras truculentas alquimias, se multiplicaban exponencialmente y las buenas familias comenzaron a encerrarse en sus casas. La señora Chacón les impuso a sus hijos la draconiana ley de "todo en la casa, nada en el barrio", por lo tanto, les quedó terminantemente prohibido enamorarse de las vecinitas, «mezcla de putas alegres y sexis concubinas del demonio», según la abuela Chacón.

Cuando le llegó a Sergio el tiempo de descubrir el amor y aprender a domesticar el libre albedrío de las hormonas, no se le ocurrió otra idea mejor que llevar a sus enamoradas de turno a las orillas del mar, pero, esta vez, sería a La Punta. Este balneario preferido por la burguesía limeña durante los años treinta, era un paraje tranquilo, una larga y flaca nariz apuntando hacia el océano Pacífico dividida por las avenidas Grau y Bolognesi que terminaban en el mar. Aquí, todos los vecinos, muchos de ellos de origen italiano, se conocían; y los jardines y casonas multicolores permanecían intactos a pesar del tiempo, los temblores y los embates de los vientos marinos que se comían las maderas de las casas con la vehemencia de dinosaurios enloquecidos. Los punteños eran los blanquitos del Callao, clasemedieros sin las pretensiones oligarcoides de los limeños; y Sergio podía mezclarse entre ellos y pasear a cualquier hora del día y de la noche sin el temor de ser asaltado o maltratado por sus propios vecinos. Si alguna vez era interceptado por la policía, podía orgullosamente decir que su padrino, el señor Cugliari, era concejal del distrito, y no le pasaba nada. La única condición para ser aceptado y pasear por las calles del balneario sin ser discriminado era vestirse de domingo playero y desenvolverse como un juguetón *hippie* de "hawaianesca" apariencia.

Años más tarde, ya en la universidad, Sergio todavía prefería ir a La Punta en vez de a la Costa Verde, para deshilvanar su derrotero amoroso, no solo por la carencia de un automóvil, sino porque su ruta amorosa al pie del mar, lo rodeaba de toda la energía cómplice que necesitaba. Llegaron a su territorio de batallas hormonales, o simplemente a la playa de la amistad, Zania, que trabajaba para el Banco Mundial y le hablaba de playas similares en Cabo Verde; Fernanda, la españolita estudiante de intercambio que se quejaba de que no hubiesen barquitos de colores como en La Coruña; la británica Elizabeth que no podía amarlo sin previo cebiche de mango en el Manolo; Monique, la francesa modelo y fotógrafa a quien le encantaba escuchar sus historias de delincuentes como el famoso Chalaquito, el Robin Hood porteño.

Citarlas a todas estas mujeres para un paseo para la seducción, consolidación de la relación (siempre quería saber cómo respondían al amor dentro de su territorio marino imaginado), rompimientos o simplemente amistad, era como seguir descifrando el horóscopo que aprendió a leer en su niñez desde la ventana del departamento de la Unidad Modelo y llenarse los pulmones de una energía que hacía todo lo imposible más fácil, más llevadero, ya sin lo agreste de la Mar Brava. Sin embargo, para arribar al momento deseado, las esperas estuvieron siempre acolitadas de escalofríos relampagueantes que buscaban la complicidad de las olas y sus signos, que él solo podía entender, para calmarse. A pesar del tiempo transcurrido, esa misma sensación de esperas interminables lo seguían persiguiendo ahora en Côte Sauvage.

Siete

En el vuelo a Pucallpa, Sergio le explicó a Mariel los pormenores de su estadía en la selva peruana. Él había sido contratado por una semana para asesorar a la cooperativa Maroti Shobo de mujeres artesanas shipibas. «A esto yo le llamo turismo con responsabilidad social». No era su primera vez en la selva peruana, pero su experiencia en Iquitos, algunos años atrás, cuando trabajaba para la OEA, no le fue del todo positiva. En esa época, la muralla verde simplemente lo asustó y maltrató. Nunca había visto tanta pobreza junta y esa sobrecogedora imponencia de la naturaleza sobre habitantes silvícolas; su estadía de un mes estuvo llena de miserias cotidianas que le impidieron cumplir su trabajo a cabalidad: el aire caliente y húmedo se le pegaba a la garganta, obligándolo a tomar agua (o cerveza) cada dos cuadras; el estómago le reclamaba ir al baño cada cinco minutos; los mosquitos y zancudos le hacían temer la llegada de la noche; y el arribo del día, el calor sofocante. Pero, por encima de todo, sintió que la gente, a la cual quería ayudar con un proyecto educativo, nunca lo aceptó. Todo el tiempo que estuvo ahí se sintió pequeño y fuera de lugar. Ni siquiera el descubrimiento de los balcones metálicos diseñados por Eiffel durante el *boom* del caucho lo impresionaron de tal forma que alguna vez pudiera escribir algo sobre esas misteriosas estructuras en medio de la selva. Lo único que recordaba de ese viaje era que la naturaleza y su gente lo rechazaron, y que deseaba llegar cuanto antes a la costa.

Este viaje a Pucallpa tenía que ser diferente.

—Estoy cerrando un círculo que se abrió hace algunos años. La vida siempre nos da la oportunidad de cerrar círculos —le dijo con un optimismo benévolo.

Mariel le prestaba toda su atención impoluta con la avidez de una estudiante aplicadísima. La primera impresión de su compañero de viaje la había tenido en el bar de Barranco, Sergio era un tipo gracioso y un coqueto asolapado, ciertamente inofensivo. *Parece un Pucallpa-Jones*, pensó Mariel, *va a ser divertido este viaje*.

—¿Podrías ayudarme con los niños de las madres artesanas?

—Sí, yo te puedo ayudar en eso —asintió Mariel.

—Hay algo más. Dos reglas de oro para que nos llevemos bien. La primera, nunca hagas alusión a mi edad, ni siquiera en broma. Segundo, yo no soy espía de tu mamá, así que puedes hacer lo que te venga en gana. Hay otra regla de convivencia, casi se me olvida, si algo te incomoda de mi comportamiento, simplemente me lo dices. ¿De acuerdo?

—Sí, Sergio, de acuerdo. Gracias por invitarme.

En Pucallpa se alojaron en el Hotel Los Gavilanes, con aire acondicionado y piscina, que era el lugar recomendado por la agencia que contrató a Sergio y donde encontraron un nutrido número de cooperantes de varios países europeos, sobre todo de Alemania e Inglaterra. Los dos primeros días pasaron sin mayor conmoción tratando de organizar su rutina juntos. Para la comunidad de cooperantes y para los shipibos, ellos parecían una buena dupla compuesta por el profesor y su alumna preferida. Se hacían los contactos iniciales, hablaban con las autoridades elegidas, explicaban el objetivo del proyecto y visitaban las comunidades shipibas aledañas a la laguna Yarinacocha y a lo largo del río Ucayali. Durante su recorrido, Mariel no se cansaba de tomar fotos y hacer preguntas sobre la fauna y flora silvícola que Sergio no podía muchas veces responder, hasta que le dijo:

—Yo aquí soy tan turista como tú, mejor es que le preguntes a ellos, así aprendemos los dos.

—*Okay*, Sergio, disculpa… Señor, ¿por qué le llaman "pequepeques" a sus lanchas?

—Porque ese es el ruido que hace el motorcito fuera de la borda señorita… peq-peq-peq.

(Sonrisas entre los viajeros improvisados)

—¿Vamos a poder ver unos pacas?

—Más adentro quizá, señorita, en las orillas…

—Me han dicho que hay piratas en el río Ucayali.

—Más adentro señorita… A veces compartimos, a veces les damos machetazos, a veces nos disparan… pero más adentro señorita.

—¿Y cómo se llama ese insecto que solo vive seis horas, que chilla para atraer a su hembra y cuando están apareándose, explota como un chicle blanco?

—Bueno, de ese no sé, señorita, pero más adentro preguntamos…

(Sonrisas condescendientes entre la tripulación).

Mariel se movió a la punta del pequepeque para recibir sobre su rostro el cálido viento frontal, esbozando una sonrisa de satisfacción. Le encantaba jugar su papel de turista curiosa y aturdida, para luego dudar de las respuestas recibidas. Alguna vez en Lima había preguntado por qué los vecinos enrejaban sus casas. Los acomedidos limeños le respondieron que era para protegerse de las bombas de Sendero Luminoso. «Ah», les había dicho, «esas que vuelan edificios de varios pisos». Esa vez puso en tela de juicio la explicación, y concluyó que los vecinos no querían admitir que esas fortificaciones metálicas eran para protegerse de los delincuentes comunes y silvestres que acechaban los barrios de Lima tanto o más ferozmente que los terroristas. Ahora también dudaba sobre las fábulas de piratas en el río Ucayali. No podía imaginarse un ataque pirata entre pequepeques; los piratas que ella conocía eran barbudos y usaban galeones, como el famoso pirata francés, barón de Pointis que asaltó Cartagena en 1796.

Hasta aquí la relación entre ambos era aséptica y parte de la misión peruanizadora que Sergio se había impuesto para agradar a Camille. Aunque se preguntara si alguna vez Marcel, el papá de Mariel, había tenido este tipo de acercamiento aventurero con ella, si estaba reemplazándolo, si Mariel después de todo lo veía como un padre o como el hermano mayor que nunca tuvo, o quizá simplemente como el hombre mayor amigo de su mamá con el cual se sentía segura y atendida. *¿Cómo me verá?,* se preguntaba Sergio.

Sentado al otro extremo del bote, Sergio estaba a punto de guardar su libreta de notas, cuando se percató de los mechones movedizos que se agitaban alocadamente con el viento, a un lado del rostro feliz de Mariel. *"Pequeñas serpientes domesticadas bailaban en la esquina final de su cuello de exploradora profana",* anotó.

En las noches previas, después de la apretada agenda de reuniones y coordinaciones, Sergio y Mariel se habían juntado al pie de la piscina del hotel para beber pisco sours, recapitular lo que había pasado durante la jornada, planificar las actividades del siguiente día y hablar de literatura. Quizá esta última parte era la más amena para Mariel porque llegaba casi al final de la noche, después de varios pisco sours. Sergio usaba toda su imaginación para sugerirle la lectura de las mejores obras literarias para conocer y entender al Perú, desde Arguedas hasta Vargas Llosa, pasando por Robles Godoy, Bryce Echenique, Roncagliolo y Alarcón. «La ficción es la Historia por otros medios», le decía.

En la noche del tercer día de su estancia en Pucallpa, ambos esperaban hacer lo mismo, después de una jornada intensa con la cooperativa Maroti Shobo. Mariel se había concentrado en organizar las actividades para los hijos menores de las artesanas con una vehemencia y entrega que sorprendió gratamente a Sergio. La había visto desenvolverse con naturalidad y eficiencia mostrándoles a las mujeres shipibas que los niños aprenden mejor si lo hacen jugando; y, sin mucha alharaca, les había hecho entender que sus hijos necesitaban de un espacio propio que estuviese siempre limpio y agradable a la vista. Ese mismo día, escoba y trapeador en mano, Mariel había logrado habilitar un lugar en el que los niños podían jugar, cantar y comer sin moscas ni pululantes insectos. Sergio, por su parte, se dedicó a la tarea de organizar la cadena de actividades para una mejor aceptación de las telas shipibas en el mercado internacional. Les explicó que el intento de posicionarse en este circuito comercial pasaba por no perder su originalidad y las características propias de sus diseños, evitando impresionar a los extranjeros con palabritas en inglés, francés o alemán. Le parecía huachafo que en sus telas tradicionales de intricados diseños se incluyeran *I love you, Merci, Ich liebe dich.* Más ventajas obtendrían, según él, si mantenían su originalidad tradicional teniendo en cuenta el uso utilitario que sus posibles compradores les darían a sus telas. «¿Saben de qué tamaño son las mesas del comedor en los Estados Unidos? ¿Cuáles son las dimensiones de las servilletas en Alemania? ¡Ese es su mercado!», les había insistido.

Nunca se imaginó que él y Mariel se acoplarían tan bien y que hasta estuvieran compartiendo la satisfacción del deber cumplido, la complicidad de estar haciendo juntos algo bueno para los shipibos, como si siempre se hubiesen conocido y fuese un plan de vida diseñado solo para los dos.

Sin embargo, perdidos en la reverberante espesura de la selva de Pucallpa, donde todo se siente a flor de piel, otras agitaciones casi maliciosas y encandiladas —así lo sentía Sergio con complejo de culpabilidad— comenzaron a carcomer sus pensamientos y acelerarle el pulso: *Carajo, me gusta esta mujercita.* Al segundo que tuvo este pensamiento, la imagen molesta y acusadora de Camille lo sacó de la línea de sus emociones.

Ocho

El regreso a la casita de Camille era siempre lento y cuesta arriba, pasando por calles angostas, con bardas de piedra a los dos costados de las cuales se desprendían matas de buganvillas en el último suspiro de color antes que el invierno lo cubriera todo de lodo y de un gris claustrofóbico. El fucsia de las flores contrastaba vivamente con el celeste brillante de las puertas y los marcos de las ventanas de las casas de piedra. Pintar de este color las entradas de las casas era una costumbre muy arraigada desde los tiempos en que se usaba esta pintura para proteger a los barcos del castigo de la sal y la lluvia. Se trataba de una especie de reciclaje que se convertiría con el tiempo en tradición local. Si no hubiese sido por todo este borboteo de colores, subir a la casa de Camille, con varias cervezas consumidas, hubiera sido una tortura para Sergio.

—¿Cuánto avanzaste hoy? —era la típica pregunta de Camille cuando lo veía llegar,

—Solo leí, tomé notas, me metí dentro de mí... —era la respuesta vaga cuyo orden alteraba cada día. La mirada inquisidora de Camille era capeada con una sonrisa simplona que Sergio exageraba para no denotar su malestar por estos interrogatorios que parecían provenir de un jefe empalagoso. Luego, a punto de entrar en la danza de vino, pan y quesos, la conversación se enrumbaba a las noticias del día (la huelga de los camioneros, el hallazgo de dos mil piezas de arte robadas por los nazis durante la guerra...), las correrías de los vecinos que trabajaban para la marina mercante francesa o eran profesores jubilados y su pasado común en Perú.

Esa tarde, sin embargo, no tenía muchas ganas de respetar la rutina alegre organizada por Camille, porque su frustración de no saber nada de Mariel ya estaba rebasando la copa de la paciencia. Sin mayor miramiento le lanzó un dardo a Camille a sabiendas de que la desestabilizaría.

—¿Sabes que yo vi tu cuerpo desnudo antes de conocerte?

Camille volteó la cara sorprendida y curiosa, mientras seguía cortando el Tomme de Savoie.

—¿Cómo? ¿Soñabas conmigo? —preguntó con coquetería.

—No, algo más simple. Marcel, después de unos buenos piscos, nos enseñaba las filminas en blanco y negro que te había tomado. Yo creo que trataba de hacer pública su nostalgia cuando tú estabas todavía en París.

—¡Desgraciado!

—Yo diría que eran bastante artísticas.

—Cojudeces que uno hace cuando está enamorada… ¿Y?

—Nada. Siempre pensé que eran buenas fotos. Nada más.

—¿Siempre has sido así, o solo conmigo? ¿Te gusta lanzar el anzuelo y esconder la mano?

—Mi querida Camille, yo solo recordaba.

La conversación se congeló ahí nomás y cada uno volvió a su esquina en el cuadrilátero de la vieja amistad, mientras preparaban la cena. A veces Sergio cocinaba algún plato peruano (ají de gallina, escabeche, causa con atún, arroz con pollo o con mariscos), pero esta vez era el turno de Camille y el olorcito de un *poulet à la bretonne* ya invadía la pequeña cocina. Cuando no cocinaban o eran invitados a cenar por los vecinos que querían conocer a su amigo escritor, salían en busca de la mejor crepería de Côte Sauvage. Después, veían algo de la TV francesa, sobre todo las noticias, para luego cada uno retirarse a sus respectivas habitaciones en el segundo piso, a leer y sufrir sus propias noches de insomnio.

Esa noche, después de leer unas pocas páginas de la novela de Padura, Sergio se revolcó más que nunca en la cama, ya no por su deseo de querer dormir sino por las ganas de no recordar. «Tiras el anzuelo y escondes la mano» ¡Carajo! ¿con qué derecho…? *Yo estoy aquí como el amigo de siempre… pero esta vez el secreto es solo mío.* Los residuos aceitosos de la memoria se le apelotonaban y hasta lo obligaban a resoplar o quejarse para no dejarlos brotar. Largos suspiros elefantiásicos se le escapaban sin importarle que Camille los pudiera escuchar desde su habitación. Exhausto, se dejó envolver en un desvarío de apretadas y rápidas imágenes fuera de control.

Ay, ay, ay, la memoria en diarrea…

❧ ❧ ❧

Camille me citó para tomarnos un cafecito en la Tiendecita Blanca en Miraflores. Era abril de 1970, y si bien todos creíamos que la revolución estaba *ad portas*, todavía no existía la inseguridad caótica creada por Sendero Luminoso años más tarde. Eran los tiempos de la izquierda buena, cheguevaresca y casi cristiana.

«Tengo que pedirte un favor muy especial», dijo en el teléfono con una voz seca y denotando urgencia. Pospuse mis entrevistas con unos editores españoles y fui a encontrarme con Camille. Llegó media hora más tarde de lo que habíamos acordado, vistiendo una ceñida falda de cuero marrón, blusa blanca y el pelo amarrado en una colita de caballo color maíz. Intuí que algo muy serio le estaba pasando porque sus movimientos ejecutivos reemplazaron muy rápido la acostumbrada zalamería amistosa.

Después del segundo *espresso* con crema, Camille tiró el bulto:

—Tú sabes que Marcel y yo estamos teniendo dificultades para que salga embarazada. Ya hemos tratado todo lo que médicamente se puede encontrar en Lima. Lo hemos intentado todo… Al final, es un problema del esperma.

Me fue imposible no repetir burdamente en mi cabeza: *"Ah, no cuaja, no cuaja…"*, expresión que hubiera usado con un amigo varón y no con Camille. *"No cuaja"*. Siempre he tenido esa maldita costumbre de tratar de distanciarme de las conversaciones angustiantes, haciéndome chistes mentales y esta vez no fue la excepción.

—Marcel y yo lo conversamos y hemos decidido que tú podrías ser el donante. Te consideramos entre amigos peruanos y franceses y llegamos a la conclusión de que tú eres un buen candidato: eres soltero pero no andas por ahí descarriado, tú sabes, eres discreto… Te conocemos por varios años, sabemos que no te horrorizarías por esta propuesta, por este favor tan especial y personal.

El líquido casi inexistente en la tacita de porcelana blanca ya no podía resistir las vueltas que yo le daba con la cucharita y parecía que de tantos remolinos creados iba a despegar en cualquier momento como un dron.

—Sí, ya lo sabía. Marcel alguna vez lo mencionó. Pero ser donante... ¿Lo han pensado bien...? Te acuerdas que una vez en la playa León Dormido me preguntaste por qué yo no usaba bronceador. Te referías a que mi piel es oscura, ¿verdad? ...Bueno, ¿lo han pensado?

—Sí. No nos importa. Queremos ser padres, nada más.

—Si te soy franco nunca me imaginé tener este papel en la vida de ustedes. Es un poco jodido, diría yo. Es como masturbarse por una buena causa y no sé si estoy listo para eso.

—Bueno, sería algo más que eso. Aquí, en Lima, todavía no están al día con toda la tecnología de la inseminación artificial. Y si la tuviesen disponible, todo sería muy tentativo, sin garantías y el procedimiento en sí mismo sería sumamente caro: el congelamiento del embrión, la inseminación, los protocolos de seguimiento nos llevarían a la bancarrota. ¡Ni hablar!

—¿Y?

—No tendrías que masturbarte en el consultorio. Tendrías que tener sexo conmigo.

—¡Carajo! Ahora sí el chupo erupciona como un volcán. No me entiendas mal, tú eres una mujercita guapa... pero... somos amigos, los amigos no tienen sexo sea por la razón que fuera.

—No te lo pediríamos si no estuviéramos tan desesperados y si no te conociéramos —dijo sin alterar su penetrante mirada de la cual sentía que no podía escabullirme.

—¿Para qué sirven los amigos, sino para apoyarse, para ayudarse? Una vez que pase lo que tiene que pasar nos olvidamos del asunto. No te estoy proponiendo ser parte de una familia *hippie*.

—No sé, Camille, no sé... es mucha responsabilidad... Si tuviéramos un *affaire* sería más fácil porque las coordenadas estarían bien marcadas. ¿Y por qué no vino Marcel a pedirlo?

—Yo amo a Marcel y estamos juntos en todo esto. Él será todo lo liberal, marxista y europeo que tú quieras, pero es hombre y tiene sus limitaciones. Marcel cede el derecho, pero todavía es mi cuerpo.

—No sé, tendría que pensarlo... analizar en qué me estoy metiendo.

—Claro, piénsalo, pero no hay mucho tiempo. En una semana empiezo a ovular y en dos semanas nos regresamos a Francia.

—¿Así de simple?

—Sí, así de simple.

Otra vez mi cerebro emitió una frase supuestamente graciosa que no pronuncié en medio de una cascada de pensamientos confusos: *"Toccata y fuga"*.

Nos despedimos sin mucho preámbulo. La cabeza me daba vueltas y me sentía un poco mareado. No es que acostarme con Camille fuese un sacrificio; ella era de cuerpo pequeño, macizo y recatadamente atractivo. Siempre mostró una actitud atenta conmigo, cierta camaradería de hermanita menor. Nuestra amistad era cómoda, sin tensiones, muy natural, y ahora, esa amistad me exigía salir de ese mundillo apacible de cenas y discusiones políticas para que ella y Marcel pudieran ser padres. No, los amigos verdaderos no tienen sexo, cualquiera que sea la excusa, porque si esto pasa, los amigos aprenden a leer sus cuerpos de otra manera y ya nada es igual, no me dejaba de repetir.

Cuando el día llegó, o, mejor dicho, la tarde en que tendría que actuar como amigo-amante-donante, con permiso y sin culpabilidad, me sentía como corderito listo para ser inmolado en el altar de la procreación. Me había bañado dos veces, excitado otras tantas y, llegado el momento, las dudas y los pensamientos opacos comenzaron a merodear afectándome la ruta de la libido. Camille, en cambio, se apareció con un vestido de verano para un otoño fantasmal (es una imagen porque en Lima no tenemos otoño). Desempacó una botella de Casillero del Diablo, miró la habitación como quien busca algo para recordar. No encontró más que los muebles impersonales de un motel cualquiera y las paredes que parecían más tristes por su decoración huachafa. Su mirada se elevó brevemente hacia la ventana y obviando las mugrosas azoteas de las casas al final de la avenida Brasil, se quedó observando el mar reventando olas con una espuma achocolatada. Su rostro denotaba una tranquilidad asombrosa que me perturbaba.

—Estás tenso —me dijo—. Tomemos una copa de vino y verás que todo sucede como debe suceder.

—Sí, claro, ¡salud! Por el sexo entre amigos.

—¡Salud! Por el placer de ser amigos —dijo clavándome una mirada que acentuaba la palabra mágica: placer.

Hubo tanteos y apresuramientos de mi parte mientras Camille accedía a la posición recomendada por los médicos. Comencé a preocuparme por el rendimiento de mis servicios, lo cual aumentaba mi estado de tensión. Busqué la complicidad del oleaje en la playa adyacente para mezclar quejidos y suspiros asolapados con voz propia, pero nada. Los vidrios de la ventana aislaban todo sonido del mundo exterior y yo sentí que esta vez estaba completamente solo en este asunto.

Al terminar, yo no me sentía bien, todo había sucedido tan rápido. Camille no se cansaba de sobarme la espalda no sé si de agradecida o tratando de amainar mi confusión, aunque más me parecía que estaba frotando la lampara maravillosa para que de repente apareciera un bebe. Aun así, desnudo y tendido boca abajo, contuve las ganas de llorar, nunca entendí el por qué. Una semana después, se fueron a Francia llevándose algo de mí; y su partida la sentí como si me hubieran calado un hueco en el alma imposible de llenar con agradecimientos y palabras solidarias.

Cuando me despedí de Marcel en el aeropuerto, no esperé un discurso, él fue siempre un loco bueno de pocas palabras. Me dio un abrazo tipo oso ruso y me regaló una de sus colonias preferidas. No es que esperara mucho en cuanto palabras o agradecimientos de parte de Marcel, pero me pareció un ácido intercambio. Yo me quedaba con el perfume de una tarde sexual con Camille, ellos se llevaban mi esperma, y Marcel me regalaba su colonia preferida: Givenchy pour l'hommes, ¡qué buen trueque!

Un año después comenzaron a llegar las fotos de la rozagante bebé, las de los primeros pasos, luego siguieron, el primer día en el colegio, las celebraciones familiares y hasta una foto de Mariel con su primer enamorado cuando cumplió quince años. Ni se me ocurría pensar que era mi hija, no solo porque no se parecía a mí, sino porque para el resto del mundo, la hermosa quinceañera de pelo castaño y sonrisa halagüeña era una personita que crecía mecida por el amor de Marcel y Camille. Yo estaría siempre fuera de ese círculo a pesar de haber sido su centro de origen por unos minutos (o quince segundos para ser más precisos).

De todas las fotos que llegaron durante aquellos tiempos, una se me grabó y me dejó un tufillo de orgullo: Mariel tenía ya dieciocho años y se le veía bajo la lluvia, calzando unas botas de jebe color amarillo brillante y vistiendo un impermeable azul; detrás de ella un tumulto de lirios floreciendo en un azul más intenso aún. El pelo le tapaba media cara, pero incluso así, una sonrisa llena de fresca ternura emergía nítida. La composición de colores y misterio hablaba de la presencia de una mensajera entre el cielo la tierra, como creían los griegos era Iris, su diosa de la pasión y el coraje.

Les perdí el rastro hasta que Camille y yo nos encontramos por casualidad en el aeropuerto de Lima al principio de los noventa. Ella iba a Chile a visitar a un amante y yo hacía lo mismo, pero en Costa Rica. Por supuesto que nos alegramos de vernos y nos abrazamos en medio de un jolgorio de Año Nuevo que no era. Entre sonrisas, frases amables y el apresuramiento típico de las partidas, me contó los detalles de su divorcio con acelerada verborrea. «Fue terrible, tuve que dejar París, mis amigos, mi trabajo en el ministerio, todo mi mundo conocido...».

No supe cómo reaccionar a la noticia y no se me ocurrió otra cosa que contarle acerca del rosario de amantes que yo iba coleccionando y de las cuales no podía desprenderme porque ya me había acostumbrado a robarles sus historias reales para ponerlas después en cuentos cortos un poco más largos que otros llamarían *novelettes*. Creo que intenté ser solidario con la historia de Camille, pero, en el fondo, no sabía cómo. Recuerdo que dentro de lo apurado del encuentro intercambiamos direcciones (ella ya había dejado París y vivía en Côte Sauvage) y parte de nuestros tesoritos móviles que teníamos a la mano, como una forma de perpetuar este encuentro fortuito: ella me dio un disco compacto con la Sinfonía Concertante Es-dur de Mozart y yo le regalé una semilla de Huairuro que siempre llevaba conmigo por eso de que nunca me faltara dinero.

De ahí en adelante la correspondencia vía *e-mail* se hizo frecuente y duró doce meses aproximadamente. Al año siguiente, perdió el entusiasmo del reencuentro. Siempre nos prometíamos que nos encontraríamos a medio camino entre los Estados Unidos, Francia, Perú y España, pero nunca se dio, hasta que acepté su invitación para visitarla en Côte Sauvage, seis meses después de la visita de Mariel al Perú.

Nueve

En el hotel, casi todos los otros cooperantes se preparaban para su acostumbrado viaje nocturno con la ayahuasca, dejando el hotel medio desierto y con la piscina solo para Mariel y Sergio. La invitación para acompañarlos fue rechazada por Sergio con el argumento de que él era escritor y necesitaba sus diablillos en desorden. No quería que la ayahuasca alterara su fuente de inspiración. Mariel, en cambio, les dijo que si bien a ella le gustaría pasear por el camino de la limpieza espiritual propiciada por la ayahuasca, no se sentía cómoda dejándose comer por miles de mosquitos y vomitando toda la noche en medio de extraños. Por razones diferentes, ambos coincidieron que mejor era quedarse a gozar de una noche de relajo normal: pisco sours y chapoteo en la piscina.

Con toda la escenografía selvática solo para ellos en la comodidad del hotel, esa noche Sergio y Mariel ya no solo se apreciaban cómplices en la satisfacción del deber cumplido, sino que también sus sentidos comenzaron a agudizarse y entrelazarse con lo denso de la humedad silvícola que se les pegaba a sus pieles citadinas y les producía un escozor inusual. Los aromas envolventes de las flores que se abrían soezmente a la luz de la luna y un coro políglota de insectos que cantaban deseos escondidos, mecían sus necesidades contenidas.

Una luna menguada se encendía y desaparecía discretamente entre los gigantescos árboles alrededor de la piscina, y les dejaba atisbos de luz reduciendo el espacio que compartían. Sergio seguía los movimientos coreográficos de Mariel en la piscina. Gozaba con la visión de su sirenita amazónica que entraba y salía de la alberca arrastrando doradas lenguas de agua a su paso, cuando la luz de luna lo permitía. Sus ojos golosos no dejaban de bailar alrededor de las caderas recias de Mariel, que su abuelo habría descrito como "buenas para parir", en el temblequeo de sus nalgas al ritmo de sus pasos menudos y en la insinuación de unos senitos que empujaban con nitidez unos pezones ásperos y erectos. No quiso romper lo acicalado de la escena ante sus ojos casi cincuentones, ni esconder el placer voyerista que todo esto le provocaba, hasta que, por fin, se decidió a nadar junto a Mariel. Empezaron así una danza acuática en la que Mariel esperaba a que Sergio llegara hasta donde estaba ella y de inmediato emprendía una huida discreta y rápida hacia al otro extremo de la piscina. Volvían a sus pisco sours sentados uno al lado del otro, aspiraban el aire caliente, los momentos de silencio les permitían escuchar todas las voces de los insectos al mismo tiempo, como un loco dialecto insinuando pecados permitidos, y luego volvían a la piscina una y otra vez.

Era cerca de la medianoche cuando Sergio sintió que había nadado muchos kilómetros tratando de estar cerca al cuerpo de Mariel (casi una alegoría de toda su vida amorosa) y el cansancio le sugirió que era tiempo de irse a dormir. Caminaron juntos hasta la escalera que llevaba a la habitación de Mariel. Subir o no subir con ella fue el "shakespereano" dilema que se le presentó a Sergio. Sí, tenías ganas de continuar por el apretado sendero de la seducción silenciosa y besarla antes de irse a dormir, pero muy adentro de él emergió otra vez la voz acusadora de Camille como un gigantesco megáfono estridente lleno de improperios, que lo empujaron a dar dos pasos hacia atrás. Optó por los besitos europeos y una mirada lánguida antes de separarse para dirigirse cada uno a su habitación.

Tirado en la cama, sintiendo cómo se le pegaba la ropa de baño mojada, Sergio repetía mientras se acariciaba el miembro: «...es que es tan linda, tan fresca, lozana...».

Dos golpes apurados en la puerta lo sacaron de sus cavilaciones íntimas a punto de ser resueltas momentáneamente. Era Mariel.

—Perdona Sergio, tengo un problema.

—¿De qué se trata? ¿Quieres pasar?

—No, gracias... es que hay un enorme monstruo silvícola en mi habitación, no lo puedo sacar, me asusta.

—*Okay*, veamos de qué se trata, vamos.

Efectivamente, una inmensa lagartija tipo *Jurassic Park* estaba prendida del techo y se le veía acorralada buscando una salida a su encierro.

—Deja la puerta abierta —le dijo mientras trataba de espantarla hacia la puerta usando su camiseta. Después de varios intentos fallidos, por fin la lagartija cruzó el umbral para perderse en alguna esquina oscura del corredor.

—Gracias Sergio, perdona es que yo…

Plantado frente a ella, con la camisa en la mano y sudando, Sergio se metió en el valle verde olivo de la mirada de Mariel y creyó ver los pequeños minotauros del deseo, dio un paso más y la besó en los labios. Mariel aflojó los músculos, entreabrió sus labios sorprendidos y cerró los ojos para perderse en el camino que la llevaba a la cama desordenada.

Esa noche hicieron el amor en silencio, mirándose con los ojos apretados, tocando torpemente las algas digitales de sus pieles humedecidas, convirtiéndose en caracolas gigantes que se arrastraban sobre la arena de sus cuerpos hasta arribar a un mar olvidado de orillas recalcitrantes donde un crepúsculo de luz apacible los esperaba.

A la hora del desayuno amazónico con cecina, huevos, plátanos fritos e ingentes cantidades de jugo de papaya, comían y bebían sin decir mucho, solo mirándose y sonriendo. De ahí en adelante caminarían de la mano por las comunidades shipibas buscando terminar temprano las tareas para volver a la piscina del hotel y reinsertarse en la rutina afiebrada de pisco sours, chapoteos ya sin huidas, y finalmente, recalar en la habitación de Mariel para continuar amándose en silencio. A Mariel se le veía risueña y hasta un poco menos parca, sobre todo en las mañanas, al despertarse juntos, después de haberse encendido las luces purpúreas del deseo sobre una mañana muy brillante.

Un día antes de partir hacia Lima, con una mañana preñada de nubarrones amenazantes y deformes, decidieron ir a visitar el mercado de Pucallpa.

—No se conoce una ciudad, si no se conoce su mercado —le dijo Sergio—. Si te has dado cuenta, quien no es artesano o pescador, es un chamán en Pucallpa. Van a tratar de vendernos la cura milagrosa de cualquier enfermedad, pociones para el mal de amor y el mal de ojo y, por supuesto, cualquier cantidad de brebajes para convertirme en un super amante. Me ofrecerán maca, siete raíces, catuaba, clavo huasca y muira puama…

—No te preocupes, no compraré nada… —le dijo Mariel ensayando una mueca con la punta de la nariz. Sergio así se cuidaba las espaldas porque sabía que yendo al mercado de Pucallpa con Mariel no solo serían reconocidos como turistas, sino que la diferencia de edades sería obvia y los vendedores iban a acosarlo con todo el arsenal chamanesco habido y por haber. ¿Estaría él rompiendo sus propias reglas anunciadas acerca de su edad?

Mariel se apareció en el vestíbulo del hotel dispuesta a dar su último recorrido por Pucallpa, vistiendo un traje ceñido, sin mangas, de color verde, con florecillas más oscuras del mismo color, que hizo que Sergio se repitiera que Mariel se veía tanto o más bonita que cuando estaba desnuda. Se tomaron de la mano para iniciar su errabundeo por el mercado, no sin antes susurrarle en el oído un: «Gracias por el vestido, te ves hermosa». Cuando estaban a punto de abordar el mototaxi a la salida del hotel, Mariel se percató que un enorme sapo de piel aceitosa y amarronada se le había prendido del zapato izquierdo. Sin inmutarse, y con mucha delicadeza, sacudió su pierna para deshacerse del escuerzo que procedió a perderse en la maleza dando brincos erráticos.

—¿Y eso qué fue?

—Ese es un sapo necrófilo, mata a su pareja cuando la está fecundando, señor —se acomidió a responder el taxista.

—¿No era que le tenías miedo a estos monstruos?

Mariel subió al mototaxi abocetando una sonrisa de niña traviesa.

Diez

Otro atardecer en frente de la bahía de Côte Sauvage cerraba un día más de espera para Sergio. Pequeñas manitas de lluvia espantaban a viejitos y pájaros en ese atardecer, pero todavía circulaban los avezados trotadores vistiendo apretados trajes de jebe y las parejas que caminaban muy juntitas debajo de sus paraguas. Le hubiera gustado ponerle una cortina musical a aquel crepúsculo mojado y amodorrado. Lo primero que se le vino a la mente fue el tema de la película *Los paraguas de Cherburgo*. Intentó varias veces recordar la melodía hasta que simplemente optó por forzar su francés y murmurar: *"l'amour, la mélancolie et la vie"*. Luego lo dijo en castellano: *"Mi amor, mi melancolía y mi vida, que siempre es esperar..."*, reacomodando la cita en francés. Un segundo eco reverberó en su cabeza con el resto de la canción: *"Esperaré por ti por cientos de veranos, esperaré por ti hasta que estés de vuelta a mi lado, hasta que esté abrazándote, hasta que te oiga suspirar, aquí en mis brazos. Donde quiera que deambules, donde quiera que vayas…"*. «Solo en las películas francesas», concluyó.

Había podido terminar a trancazos y sin mucha concentración la reseña para el blog *Alterletras* y garabateaba algunas ideas para su siguiente colección de cuentos, pero sus avances eran torpes y lentos. Después de dos semanas, su espera frente al mar se había convertido en una aflicción ambivalente que lo llevaba de la nostalgia al placer de la memoria. Frente a ese trago de atardeceres solitarios y angustiados, no dejaba de recordar con placer sus escapadas al Cordano y al Queirolo en Lima, donde, entre chilcanos y papas rellenas, se regodeaba con la atención absoluta, fresca y dócil de Mariel. Entre sorbo y sorbo de cerveza, página tras página, garabato tras garabato, no se cansaba de relamer y recapitular las conversaciones peruanizadoras con Mariel. Todo esto lo encandilaba y lo dejaba absorto, con la mirada perdida en la línea inmóvil del horizonte sin poder regresar con la vehemencia acostumbrada a sus escritos y lecturas. Esa misma rayita etérea que en su niñez lo hacía fantasear, ahora era un telón invisible donde tendía sus recuerdos amorosos. Sí, le encantaba evocar y emocionarse con las imágenes de los pequeños tesoros escondidos del cuerpo joven de Mariel mientras conversaban y reían amigablemente paseando por la Lima turística. Al mismo tiempo, una pesada nube de incertidumbre lo amenazaba constantemente: ¿Vendría a verlo como habían quedado? ¿Cuándo? ¿Qué se dirían?

El engranaje de recuerdos se detuvo en una tarde que llegaron hasta Chucuito, cerca de La Punta, en donde encontraron un barcito frente al mar, solitario, rústico y casi escondido entre las casas de los pescadores. Otra vez estaba frente al mar, pero las premoniciones de su relación con Mariel no eran buenas: ella estaba de paso con una historia escondida bajo el brazo, en algún momento cercano volvería a Francia y todo se convertiría en un recuerdo agradable que treparía hacia la nebulosa de la memoria y, sin sonidos rimbombantes, todo desaparecería.

En ese momento a Sergio no se le ocurrió mejor idea que inmortalizar ese instante de cercanía a punto de romperse que tomando una foto de las dos copas de pisco sour que descansaban en la veranda del bar, teniendo como fondo la opacidad y serenidad melosa del mar de Chucuito. Las dos copas alegres y refrescantes, muy juntitas, tocándose, conteniendo la misma alquimia, pero incluso así, cada una protegida por un cristal grueso. Esta era la mejor alegoría de su relación hasta ese momento, donde había muchas incógnitas acerca de sus otras historias pasadas, aquellas que no quisieron desparramar sobre la mesa de una relación efímera y tranquila. «Esas copas somos nosotros», le dijo, después de tomar la foto, congelando en su memoria real —no digital— y para siempre, los labios carnosos de ambrosía de Mariel, fuertes y suaves a la vez, aprisionando el borde de la copa y emitiendo murmullos tenues que imaginó eran de picaflores en celo o mariposas arrebatadas, mientras bebían su último pisco sour amoroso.

Once

Esa noche Sergio trajo dos botellas de Châteauneuf du Pape de las viñas Domaine Monpertuis que sabía le gustaban a Camille. Los ríos de vino con su distinguidísimo sabor a hierbas y frutas frescas ayudaron a que se restableciera la comunicación diluida en los últimos días. Como era costumbre cuando se sentían bien, la conversación aterrizó en la larga trayectoria de su amistad de más de veinte años. Inevitablemente hablaron del divorcio de Camille y del famoso favor especial que ella y Marcel le pidieron en Perú.

—¡Qué locos!… y qué desesperados estábamos. Pero no funcionó.

—No es que me arrepienta. Estuvo bien. Hemos mantenido la amistad todos estos años.

—Sí, pero ahora estamos en otras circunstancias.

—Siempre seremos amigos —dijo Sergio optando por cerrar la puerta que ella estaba abriendo, quedándose sentado mentalmente en el umbral de la amistad.

Esa noche, tendido en su cama, Sergio no pudo dejar de rebobinar el pasado como una película que, por antigua, ya conocía el final, pero aun así deseando verla para contrastar hechos, diálogos, gestos y ratificar decisiones, aciertos y errores. Se sumergió otra vez en la gelatinosa retrospección con los ojos bien abiertos puestos en el techo de madera oscura y las manos entrecruzadas sobre su pecho.

◈◈◈

Así fueron las cosas, Camille:

En una de esas comunicaciones esporádicas, me llegó otra vez la foto de Mariel que me tanto me gustaba y me sorprendió gratamente que recordaras este detalle. Mi alegría se desvaneció de sopetón, sin embargo, cuando en una nota muy sucinta escribiste en la parte trasera de la foto una verdad que se había mantenido perdida entre tanto correo electrónico y declaraciones de amistad para siempre. *"Sé que te gusta esta foto, por eso te la vuelvo a enviar…Mi hija no es consecuencia del favor especial".* Añadías que gracias a la ciencia médica francesa ya no tendría que sentirme atado a una historia prestada. El mismo vacío de hacía veinte años retornó amalgamado con la sensación de ser un huevón por estar creyendo por décadas en una ficción en la que yo me sentía un héroe después de todo. Durante este largo tiempo yo había guardado un secreto inexistente, la satisfacción de una tarea cumplida que no se cumplió, el orgullo de haber hecho algo digno de admiración, algo muy desprendido de egoísmo, pero que se evaporó como pedo de monja, quedando un Sergio sin mucho de qué sentirse orgulloso. ¿Qué pasó? ¿Marcel y tú se olvidaron de comunicármelo entre tanta felicidad y trifulcas maritales? O quizá,

¿pensaron que no me importaría? Guardé la foto en un lugar en donde sabía que no podría encontrarla así me lo propusiese.

Era agosto de 1991 y Lima seguía siendo *Lima la horrible* de Salazar Bondy y *Lima bizarra* de Rafo León, sumados a los ataques de Sendero Luminoso y la guerra sucia contra la población civil emprendida por el presidente japonés del Perú. Era la época de las masacres de Barrios Altos y Santa Bárbara, de la epidemia de cólera que había empezado en Iquitos, expandido a Trujillo y ya estaba a las puertas de Lima; por último, hasta un fuerte terremoto en Moyobamba terminaba por pintar un cuadro desolador y sin esperanza para el país. Con un ambiente tan sombrío, al cual se le añadía mi desazón con la noticia de la fotito, no me quedó otro remedio que ir a buscar nuevas historias fuera del Perú, como lo hicieron tantos peruanos por esa época.

❦❦❦

Las cenas dicharacheras con los vecinos de Camille se multiplicaron, Sergio volvió a sentirse muy cómodo siendo el centro de las atenciones curiosas de los bretones a quienes imaginaba como una especie de arequipeños hablando francés, muy buenos para tomar vino y comer las delicias de su mar a la primera oportunidad o excusa. De ellos aprendió el arte de complacer y agasajar con amabilidad y a preparar los famosos *galettes* y *crêpes* en sus planchas circulares de hierro negro. Los bretones mostraban su orgullo por ser los creadores de esta simple delicia, hoy esparcida por el resto de Francia y el mundo, y les encantaba hacer gala de la sofisticación en su preparación. Asistir al ritual familiar dominguero de preparar los *crêpes,* permitía a Sergio entrar en las casas de los bretones donde todo era algarabía, buena conversación y mejor comer. Él prefería los *galettes* que se rellenaban con salmón, crema de queso, cebollitas rojas y alcaparras, dejando para el último los *crêpes* rellenos con fresas frescas. Sergio daba cuenta de tres o cuatro de estas delicias acompañadas con una champaña Veuve Clicquot Ponsardin y llegaba a sentirse realmente sibarita frente al mar.

Aquel domingo se sintió especialmente halagado por la atención que le prestaba una bretona de cuerpo atlético y bronceado de surfista, de unos treinta y cinco años, que con una sonrisa azucarada por la cantidad de champaña que había tomado, le pedía su opinión sobre los chilenos Neruda, Parra y Bolaño. Las preguntas bastante inteligentes de la mujer volvían a mecer el ánimo de Sergio en ese domingo familiar y cuando se disponía a comentar algo más mientras masticaba sus *crêpes*, apareció Camille.

—Me salvó la campana. No hubiera podido argumentar mucho con mi francés de turista.

—Hubieras intentado hablarle en castellano. Se llama Alice, vivió un tiempo en Chile durante el Gobierno de Allende. Está casada, tiene tres hijas muy bellas y su castellano es terrible... Vamos a dar un paseíto por la playa, ¿te parece?

Bajaron a la bahía por el mismo sendero de siempre y Sergio percibía que Camille estaba buscando el momento adecuado para decir algo importante. El almuerzo con *crêpes* y champaña lo tenía aletargado y sin ganas de entrar en conversaciones profundas que alteraran su modorra. Se dejó llevar por Camille, que lo tomó del brazo, y caminaron en silencio por un buen rato. Cuando arribaron a la playa Camille sugirió seguir caminando sobre la orilla.

—Este es tu mar...

—Todo mar es mi mar. De él aprendo música o conciencia, esto último lo dijo Neruda.

—¿Por qué viniste a Côte Sauvage? ¿Inspiración? ¿Respuestas acerca de nosotros?

Sergio se puso alerta con desgano y le entraron ganas de elaborar un pesado y apretado discurso sobre el pasado, hacer un recuento de todos esos años de incógnitas intermitentes, el tiempo descarrilado de su amistad en el que no se vieron o comunicaron, increparle sobre lo que no se dijo sobre el favorcito especial, preguntarle sobre Mariel, pero prefirió darle una suave palmada sobre la mano que colgaba de su brazo y tragando saliva todavía con sabor a champaña, terminó por decir dulzonamente:

—Porque tú me invitaste... porque soy como aquel Salvador Gaviota que algunas veces comentamos, me interesa volar con la imaginación sobre el mar para sentirme vivo y mirarlo como quien lee un horóscopo cotidiano esperando algo bueno.

—Siempre has sido bueno con las metáforas desde que te conozco. Esa es tu forma de esconder codificadamente tus emociones. Te estoy preguntando sobre mí, tus sentimientos; y tú sales con frasecitas rebuscadas.

—Si bien las metáforas son peligrosas, según Kundera, en este caso: ¿Qué tiene de rebuscado sentir tu amistad como algo muy especial durante todos estos años? —le dijo, mientras pensaba para sí: *Trenza de mujer, horca segura.*

—Ah, la amiga especial. Esa soy yo.

Doce

En el aeropuerto de Cuzco esperando su vuelo retrasado, Sergio tomaba un café bien cargado y recordaba el inicio de su periplo con Mariel cuando se apareció en el Jorge Chávez con su gigantesca taza de café y él tomaba su *espresso*. En ese momento todo era apacible, el libreto era seguido con curiosidad por ambos, las incógnitas no estaban escritas; pero ahora, en frente de su oscuro café, los más oscuros pensamientos se le arrimaban. Él entendía a la perfección que el mundo con sus premuras y condenas estaba fuera de la burbuja que habían creado en la verde y paradisíaca Pucallpa, fuera de la majestuosidad de las piedras cuzqueñas que les incitaba a fantasear juntos sobre intrigas virreinales y la resistencia inca, más allá de sus arropamientos zalameros en las punas del Colca y Puno donde habían podido abrigar soledades.

Ahora sentía que la isla amorosa se estaba hundiendo. Quizá las fisuras habían empezado a manifestarse allí mismo, pensó, en el Cuzco, cuando se enfrentaron las amistades del mundo de Mariel con sus expectativas querendonas. Cuando arribaron las amigas francesas de Mariel a compartir sus descubrimientos de las alturas de Machu Picchu, algo o bastante cambió. Ella tuvo que hacer de anfitriona, guía turística e intérprete para las recién llegadas y traviesas francesitas. Al principio Sergio se acomodó a la situación y dejó que las amigas se reencontraran, mientras él recorría las librerías locales buscando novelas que tuvieran como tema la ciudad del Cuzco (estaba pensando en escribir una reseña de autores cusqueños bajo el título tentativo: *Cuzco, ciudad de cuentos y cuentistas*). En ese momento no le pareció tan obvio que Mariel tratase de esconder sus encantamientos y calentamientos con él, inclusive cuando le comunicó que se iba a alojar en el mismo hotel barato de sus amigas. Las visitas a la majestuosidad pétrea de las ruinas de Sacsayhuamán, Machu Picchu y alrededores no le dejaron tampoco gratos recuerdos. En sus paseos a las ruinas, las francesitas aparecían y desaparecían entre la inmensa arquitectura rocosa y lo dejaban más aislado que un cactus en el desierto, con espinitas de rencor disfrazadas de caballerosidad latina.

Con estos pensamientos penumbrosos revoloteándole en el cerebro no se percató que Mariel se había apartado a un rincón poco transitado del aeropuerto, sentándose en el piso como una *hippie* cualquiera. La imagen fresca e inocentona le acicaló la angustia y la miró con anticipada nostalgia.

Mariel le hizo señas para que se acercara a donde ella estaba. Sacó de su inmensa mochila una bolsita de colores con unos dados rojos y preguntó si quería jugar. Le explicó las reglas a las que él no puso atención.

—*C'est ton tour de jeter les dés.*

Sergio tiraba una y otra vez los dados con displicencia y perdiendo en cada jugada, hasta que Mariel le increpó con cazurrería, diciéndole que o no era muy afortunado en el juego o no había puesto atención a las reglas.

—Desafortunado en el juego, desafortunado también en el amor, aunque digan lo contrario... —dijo Sergio.

—El amor es un juego. —Lo quedó mirando y se limitó a seguir tirando los dados—. Es simple, si queremos hacerlo simple —añadió, por último.

Sergio hizo esfuerzos para que la angustia no se resbalara por sus ojos rojizos. ¿Cómo podía ser tan fría esta mujercita que hasta hace unos días se había comportado como un ángel recién incubado llena de dulzura?

El vuelo de regreso a Lima se le hizo insufrible a Sergio por el silencio que Mariel interpuso y que opacaba el fin de una historia dulzona y sin amurallamientos aparentes. No sabía cómo romper las trincheras de silencio que Mariel había escarbado delante de él. Finalmente, después de mucho cavilar en retroceso, poniendo todas las piezas juntas acerca de su estadía en la Ciudad Imperial, entendió que Mariel ya había partido y que él sobraba en su historia. Llegar a esta conclusión volando sobre los Andes le oprimió el pecho más aún, y deseó llenarse los pulmones de esa familiar humedad salobre que siempre lo ayudaba a romper el hechizo negro del desencanto. No deseó pisar tierra, sino humedecer su tristeza caminando al borde de una playa albariza, cualquier playa, y si era lejana y solitaria, tanto mejor. Volteó para buscar la mirada de Mariel como quien quiere encontrar una estrella de mar sedienta en la orilla y le dijo: «Gracias por todo, fue bonito». Ella asintió con la cabeza sin voltear a verlo, como diciendo «ya entendiste» y no hablaron más durante el trayecto del vuelo.

Trece

Al recibir la noticia de la visita de Mariel a Côte Sauvage, Sergio tensó los músculos de la cara, apretó las mandíbulas, tragó saliva pesada y palpó mecánicamente sus bolsillos buscando sus cigarrillos para no mostrar su alteración.

—Viene a cenar mañana viernes; y el domingo en la noche se regresa a Nantes… Ha conseguido un nuevo trabajo con las escuelas públicas y tiene que presentarse este lunes. Vamos a celebrar esta buena noticia… Ya era tiempo que cambiara de trabajo… Marcel nunca la apoyó en su decisión de ser terapista de niños. Le dijo alguna vez que lo que ella quería era resolver su problema con él, que mejor estudiara algo que le diera dinero, pero ella se mantuvo en su decisión y le gusta lo que hace.

—Le prepararé unos choritos a la chalaca, le encanta ese plato.

—No sabía eso…

—Fue parte de mi misión peruanizadora.

—Siempre te agradeceré tus atenciones para con ella.

—Yo soy el que tiene que agradecerte. Ella es una mujercita muy…

—¿Fría? ...No es para menos, con un padre depresivo y un novio que se fue con su mejor amiga después de cinco años de relación. Creo que son muchos golpes para una mujer tan joven.

—¡Ah! No sabía esto último.

—Por eso es que decidió visitar Chile y Perú, para tratar de olvidar, para acabar de limpiarse de tanta mierda. Si fuéramos máquinas las cosas serían más sencillas. Solo bastaría con apretar una tecla de *delete* y no tanto pañuelo. Le costó perdonar y moverse a otra cosa. Cuando te comunican que una relación se ha terminado, esta no acaba ahí. Necesitamos tiempo, mucho tiempo.

—Es tan corto el amor, y es tan largo el olvido. Eso lo dijo Neruda.

—Cuatro años de vivir juntos no es poco tiempo o, en mi caso, que fueron quince años.

Con sus cigarrillos en la mano salió al jardín. Mientras fumaba largas pitadas tratando de acomodar sus pensamientos, se percató de los lirios secos que alguna vez aparecieron vistosos y frescos en la foto de Mariel. *¿Una premonición? ¿Se habrían cerrado las puertas entre el cielo y la tierra?". ...Qué bueno que pudiese verla de nuevo después de seis meses, una aventura amorosa fugaz y una despedida de cementerio; pero, ¿qué se dirían? ¿Cómo se comportaría frente a su madre? Era ciertamente hermoso volver a fijar la vista en su cuello blanco y largo como una avenida de interminables deseos que había recorrido primero con su mirada y luego con la punta de su lengua, pero, ¿en qué estaban? Cuando se despidieron en el Jorge Chávez ella apuró el momento inmisericordemente, le dio un beso frío en los labios y la vio caminar sin voltear para darle el último regalo de su mirada. ¡Qué dura le había parecido! ¿Repetiría su comportamiento frígido y distante?*

Las venas del costado del cerebro se le hinchaban y buscó sentarse. *¡Carajo!, debo dejar de fumar! Si Camille no fuese la madre de Mariel le contaría todo para liberar esta presión cerril en el cerebro a punto de estallar.* Arrojó la colilla casi mentándole la madre y aspirando larga y profusamente el airecillo con olor a atardecer de esperas se dirigió a ayudar a Camille en la preparación de la cena.

Catorce

Mientras Sergio se arreglaba para la cena con Camille y Mariel, un soliloquio silencioso acompañado de muecas transcurría en frente del espejo. Sergio quería lucir fresco y sin los ojos abotagados y las sábanas oscuras que se desprendían de su mirada de poeta pobretón. Por más que se masajeaba la cara con una loción humectante y se aplicaba paños fríos, las alfombras del tiempo aparecían otra vez debajo de sus ojos. Por fin se dio por vencido y después de afeitarse se palmoteó los cachetes secos con la colonia que siempre usaba. Le pareció de tontos acordarse en ese momento que él siempre detestó la perfumería que su hermano Mario se ponía encima después de cada duchazo. Era insoportable, sobre todo si se trataba de las colonias baratas como Aqua Velva y Old Spice. A él siempre le gustó ser discreto con los perfumes varoniles, pero éste que tenía en las palmas de las manos y en sus mejillas tenía historia.

Desde que Marcel le regaló su Givenchy como premio por el favorcito especial, no había cambiado de aroma por más de veinte años y este era el secreto que lo hacía sentir incómodo frente al espejo. Nunca le dijo a Mariel que él olía como Marcel, su papá. Quizá Mariel absorbió esa misma fragancia recorriendo su cuerpo, haciéndolo todo más familiar y fácil. *¡No carajo! ¡Eso sí es bien pendejo que se me venga a la cabeza!* Salió del baño como expulsado por un resorte y bajó al comedor.

La cena transcurrió con la mesura de una familia moderna y civilizada. Camille servía potajes, recogía platos y vasos, comentaba sobre la calidad del vino, mientras Sergio no se atrevía a mencionar nada personal sobre el viaje con Mariel, y ella modulaba su voz tipo noticiero para aparecer en control cuando tenía que contestar a las inquisiciones de su madre, a la vez que nunca buscaba mirar directamente a Sergio. Ni un atisbo de mirada cómplice se dio mientras duró la cena y Sergio asumió que eso era lo correcto para no alertar a Camille sobre su otro secreto. Tuvieron el postre de manzanas en la salita junto a la chimenea y con música de Inti-Illimani de fondo. A estas alturas, la distancia teatrera inicial de Mariel devino en algo más pesado de sobrellevar para Sergio cuando las dos mujeres se embarcaron en un diálogo madre-hija, de mujer a mujer, el cual dejaba a Sergio como un fantasma transparente con el postre en la mano.

Sergio se levantó con discreción, evitando lanzar su mirada de basilisco hacia Mariel, cogió su copa de coñac y se dirigió a la cocina, no sin antes advertirles que iba comenzar a lavar los trastes. Un «gracias Sergio» a dúo lo acompañó hasta la cocina. *¡Mierda, mierda!*, se repetía mientras movía platos y cubiertos en el fregadero. *En fin, mañana será otro día. Mañana nos encontraremos frente al mar.*

—Me voy a dormir, ha sido un día agotador... Te veo mañana Sergio.

—Sí, claro, que descanses Mariel —respondió Sergio, mientras ella lo sometía a la tortura de unos besos sin mayor afecto que él asimiló como dos trozos de hielo apenas raspando sus mejillas.

—Deja por favor esos platos. Terminemos tu coñac en el jardín.

—Sí, claro.

Se sentaron junto a los lirios marchitos y sus miradas se juntaron después de tratar de encontrar estrellas en el cielo nuboso. Mientras el calor del coñac avanzaba hacia su estómago, Sergio esperó que se evaporara el sabor a madera perfumada de su boca y dijo:

—¿Sabes que lo que más se siente en el invierno es no solo el frío, sino el silencio?

—¿Otra metáfora tuya?

—Esta vez, sí. —Sergio miró el fondo de la copa de coñac y encontrando un último sorbo alistó una pausa. Hizo jugar su lengua con el aromático líquido y suavemente continuó—: Me voy el lunes. Hasta aquí hemos salvado la amistad, ¿no te parece?

Se paró de su asiento, recorrió el rostro de Camille con una mirada mustia y se fue a dormir o a soñar que dormía.

Quince

La hermosa boca hacia el mar de los primeros días de la bahía de Côte Sauvage le parecía una dentadura destartalada. El mar era un espejo que no reflejaba nada. En la playa todo se le presentaba detenido y en cámara lenta frente a sus ojos: las parejas de ancianos caminaban aletargadamente, los trotadores como si saltaran sobre el mismo sitio, las gaviotas eran mudas especies voladoras, los últimos atisbos de luz eran contenidos por una espesa neblina. Si hubiera tenido que leer su horóscopo marino, como en su niñez, este mar no le decía nada, excepto que él estaba ahí esperando y el tiempo era pesadamente pastoso. *"Mal tiempo para las esperas"*, hubiera dicho un pronosticador del tiempo en la televisión.

Iba por la segunda cerveza belga y el libro que tenía entre sus manos no había sido abierto para leer sino para que otros creyeran que estaba ocupado leyéndolo, cuando entre la solemnidad cortante de la brisa marina, apareció Mariel. Sergio se paró para saludarla y Mariel le ofreció su rostro de costado.

—Gracias por venir. ¿Quieres un trago?

—No, gracias…Tengo que manejar a Nantes. Sergio, yo…

—Entonces tómate un cafecito, te caerá bien.

—Sergio, yo…

—Mariel, Mariel, mi francesita espero ya peruanizada, ahora que nuestra aventura está lejos de nosotros, no tenemos mucho que decir. Aquí, en el ámbar de la bahía, termina mi espera y nuestras voces íntimas suenan a silencio. Ya solo podemos escuchar el paso urgido de un barco que partió desde tierra adentro. Magullado y altanero se va y lo esperan en otras orillas acrisoladas. Ya no tendré que seguir esperándote aquí, ni en ninguna otra parte. Hay que soltar las amarras del desencanto. Yo solo quería verte una vez más frente al mar, quizá para sentirme menos solo. El mar siempre me anuda a mitos benévolos y lo hace todo más fácil, las esperas, las despedidas, las partidas...

Mariel levantó su cuello de anguila blanca lo más que pudo. El discurso que había pergeñado manejando hacia Côte Sauvage, se le evaporó o no halló dónde ponerlo. Sergio se plantó en frente de ella buscando perderse en la verdosidad de su mirada que dibujaba una marejada ya sin ternura. Mariel aflojó los músculos.

Santa Fe, julio 2018

Alitas de pollo

A Carlos Wendorff

"La flor carnívora
de tu pubis
exuberante
aromatiza
deseos
de noches inciertas.
Aspiro
tu voluptuosidad
hecha sueño
o pesadilla
¡Oh fantasma divino!
eres el placer
lleno de luna".
—Pollo, el poeta

Había pasado toda la noche escribiendo y corrigiendo el poema que en la mañana le entregaría a Maritza. Experimentaba todas las premuras y tensiones del escritor a quien su editora le pide que termine y presente su obra porque ya no se le puede esperar más. Los papeles arrugados y desperdigados alrededor de su cama y los libros de Neruda, Vallejo y Ruben Darío amontonados y semiabiertos sobre la mesa, daban cuenta de una batalla campal salvaje para dominar las palabras y tratar de encerrarlas en pequeñas frases cortantes que expresaran sus más íntimas emociones. La tarea no había sido fácil, ya casi amanecía, y dio por terminada su misión. Se acostó agotado con un dolorcito en la espalda que atribuyó a las largas horas de estar sentado, tecleando en su ordenador (aunque otros dirían que eran las alitas que ya asomaban con cada poema que escribía).

De la modorra envolvente pasó al sueño profundo y de inmediato se escuchó la voz lenta y grave de Neruda sobre su oído izquierdo diciendo: «Ya no son veinte, ahora son veintiuno los poemas de amor y todo sigue siendo una canción desesperada»; y la de Vallejo susurrándole en el otro oído: «...el amor es un Cristo pecador». Se miraron los poetas entendiendo que era mejor dejarlo descansar y se alejaron de su sueño subiendo a una nube alongada que era su Taxi Satelital al Parnaso, manejado por Ruben Darío. Mutis.

Aquel era el primer poema que permitiría salir a la luz a pesar de sus sospechas de que la crítica roedora demolería sus deseos de convertirse en poeta. En realidad, todo eso era ruido para él, su verdadero objetivo era expresarle a Maritza su amor contenido y que como resultado ella aceptase ser su enamorada.

Dos años habían pasado desde que decidió mandarse con sus primeros pininos literarios y bohemios con el Grupo Cultural Amauta con el cual aprendió a tomar ingentes cantidades de cerveza, merodear Lima de noche y escribir poemas que no enseñaba a nadie, ni siquiera a los miembros de su banda literaria. Todos eran estudiantes universitarios de San Marcos y de la Católica, con diferentes especialidades académicas, que se reunían en el Bar Palermo de La Colmena, para leer sus poemas, chismear sobre el mundillo cultural alrededor de ellos, buscar afinidades y diferencias (*Hora Zero* era por esa época la vanguardia de la juventud literata), comentar en grupo cierta joyita recién publicada o el trabajo de algún un autor que ellos consideraban innovador.

Pollo, como se le llamaba dentro del grupo (quizá por lo blanquiñoso y enclenque, con una jorobita que parecía guardar unas alas apergaminadas), era el más entusiasta en traer libros para comentar, y su quehacer literario estaba centrado sobre todo en sugerir los títulos de las creaciones de sus compañeros. «Los títulos deben ser misteriosos, un tul que insinúa el contenido y nada más», les decía, y ellos lo aceptaban en toda su originalidad. Nunca expuso al grupo un escrito y, por lo tanto, su presencia era aceptada porque era muy acertado con los libros que traía para las tertulias, bueno con los títulos que sugería, pero, además, era un excelente coordinador de la logística para los recitales en sindicatos, organizaciones vecinales y estudiantiles, y en la producción casera de su revista, *Estandarte poético,* que se publicaba cada tres meses si es que los recursos económicos lo permitían.

El poema recién cocinado llegaría a las manos pequeñas y sedosas de Maritza, que lo esperaba con su sonrisa regalona en uno de los jardines de la universidad para estudiar juntos el primer capítulo de *La ideología alemana.* Su decisión de alterar la ecuación amigable con la que se venían relacionando por cerca de un año, le vino de sopetón entre cervezas noctámbulas, ya no en el Palermo, sino en el bar Chino-Chino. Entre tanto trago y trago, en una noche fría y húmeda, típicamente limeña, en que la soledad se le pegaba a los huesos como único ropaje. No estaba muy seguro si la chispa catártica y amorosa se le metió muy adentro ya sea por la pregunta de Neruda *("¿Verdad que es ancha la tristeza, delgada la melancolía?")* o el vals gemebundo *Si tú me quisieras* en la voz aguda de Manuel Acosta Ojeda *("...nuestros cuatro labios harían una cruz...").* Quizá fueron ambos la chiribita que encendió la pradera amorosa de Pollo esa noche.

Su amiga, la de las idas al cine neorrealista de Visconti, a conciertos y exhibiciones de arte popular (les encantaba perderse en el mundo miniaturizado y colorido de los retablos del ayacuchano López Antay), la camarada de las manifestaciones por la democracia y los derechos humanos, la afilada estudiante de Marx, Freire y Bourdieu, se había convertido para él en una necesidad cotidiana de la cual ya no podía prescindir. Le urgía desbrozar la confusión amiguera y trastocarla con frase íntimas que abrieran las anchas puertas del amor terrenal apasionado. Pero, ¿será cierto que se puede influir en el ser amado con un poema, con un argumento amoroso que salía de su necesidad y no de la otra persona? Quizá le estaba pidiendo demasiado a la poesía, o muy poco a la lírica que tendría que elaborar más eficientemente.

Maritza lo esperaba sentada en el pasto de uno de los incipientes jardines de la Universidad Católica, que a Pollo le pareció de un verde inusualmente intenso esa mañana. Ojeaba un libro de Marta Harnecker sobre la redefinición de la democracia en las Américas. Su mirada se distanció de sus páginas para fijar sus ojos negros de noche sin estrellas en la presencia algo más decidida de su amigo. Este se le acercó, le dio un beso en la mejilla, esta vez tomándose el tiempo necesario para absorber el perfume de mujer joven recién bañadita y le entregó sin mayores preámbulos el poema. Maritza lo leyó con atención y su rostro fue cambiando de afable a una rigidez *postmortem* y su respiración inflamó sus pechos rotundos.

—¡No! —dijo devolviéndole el papel con brusquedad. Se puso de pie y se encaminó a su salón de clases.

La vio alejarse de él como si se hubiera enterado de que tenía sífilis. Lo invadió la tristeza de un adiós en una estación de tren en una neblinosa ciudad sin gente. Sin tener a donde ir, caminó sonámbulo hacia el baño de la universidad. Orinó porque eso es lo que se hace en los baños, aún sin ganas, y le provocó tirar su poema dentro del urinario y mearlo. *En realidad*, pensó, *hacemos buena pareja: tú meado y yo cagado.*

Había nacido un poeta. Mutis.

Santa Fe, marzo 2019

Dos abuelas I

A Elizabeth Dasso

Uno

Lorenzo pensaba que tenía mucha suerte al tener dos abuelas. La mayoría de sus amigos tenían una; otros, ninguna. Ellas eran su fuente de cariño especial mientras esperaba el regreso de su padre de la guerra en Europa. La atención que le prestaban las abuelas en las vacaciones de primavera y verano, lo sumergía en dos mundos organizados de manera diferente, pero lejos de crear en él una exigencia de adhesión a uno u otro estilo de vida, los aceptaba dejándose llevar, y así aprendía de la vida.

En la casa de doña Guillermina de Vivar, ubicada a cuatro cuadras de la plaza principal de San Juan, en la calle Picaflor, la rutina veraniega de Lorenzo con su abuela materna era metódica, con pequeñas tareas domésticas que realizar, con libros que auscultar y un gentío entrando y saliendo de la casa. Guillermina ya estaba jubilada, pero nunca dejó de ser maestra y continuaba asesorando a los niños que estaban atrasados en la escuela. Con la ayuda de Ruy, el profesor de español de la escuela pública[3], había creado el Buzón de los Poemas no Leídos en el portal de su casa. Una suerte de correo informal donde los sanjuaninos podían depositar y recoger poemas anónimamente. Lorenzo no solo tenía la posibilidad de acceder a los libros de la pequeña biblioteca de la exprofesora, sino también a las joyitas literarias escritas por los vecinos de San Juan.

Dentro de la casa, si buscaba bien, Lorenzo podía encontrar libros que le generaban preguntas y más preguntas sobre lo real o

---

[3] Ruy era también el obituarista de *La Nueva Estrella* y coincidía con Guillermina en que «si no se usaba el español, éste moriría de muerte natural; pero si se usa mal, se convertiría en un asesinato». Ver *El obituarista de San Juan* en *El guerrero de la espuma y otras tantas despedidas* (Pukiyari Editores, 2014).

imaginado sucediendo en lugares que todavía no podía ubicar en el mapa. Aunque su abuela le había prohibido el uso de la Enciclopedia Británica, porque pensaba venderla, Lorenzo siempre se las ingeniaba para meterse en las páginas de estos inmensos volúmenes de pasta gruesa de color verde oscuro que contaban misteriosas historias, desafiando su credulidad y datos científicos que más le parecían cuentos de brujas. Una de las primeras certezas a sus nueve años, sería que, si leía, su imaginación no tendría limites, tampoco las preguntas.

La rutina con doña Guillermina empezaba no muy temprano en la mañana, después de un suculento plato de mazamorra de avena con leche condensada y pasas. Luego, nieto y abuela se abocarían a regar las macetas que colgaban en las ocho ventanas de la casa, dos por cada punto cardinal. En las macetas encontraban gusanos e insectos que quirúrgicamente retiraban de las hojas de los geranios rojos, las rosas y gardenias blancas; la batalla siempre continuaba al día siguiente, pues los insectos se las arreglaban para reproducirse como conejos de un día para otro y sabían esconderse entre los intrincados tallos de las plantas. Guillermina le aconsejaba que había que tratar a las flores como lo que eran, las princesas de los colores; había que hablarles, pedirles permiso para tocarlas y hasta mimarlas con palabras bonitas, mientras las rociaban con agua fresca.

A media mañana, Guillermina y Lorenzo se encargaban de bañar a la lora Jacinta en una muy organizada coreografía para evitar un intento de fuga desesperada del pajarraco. El lavado se hacía en la comodidad del baño de la casa usando una enorme tina de madera en la cual depositaban a Jacinta. Lorenzo había aprendido a dejar caer lentamente los chorros de agua con un jarrito sobre el lomo plumífero de la lora sin espantarla. Si todo iba bien, Jacinta se agachaba sobre sus patitas y empezaba a ronronear y a repetir: «Jacinta, bonita, Jacinta bonita…». Si se hacía mal, esto es, si el agua le caía como un Niágara personal, Jacinta aleteaba sus alas y buscaba salir del cuarto de baño a como diera lugar. Entonces se armaba el gran despelote al tratar de ponerla de nuevo en su dorada prisión. Terminadas las abluciones de Jacinta, le tocaba el turno a Globo, el gato blanco y negro, tipo pirata, al cual había que despoblarlo de las pulgas que había adquirido en sus paseos nocturnos buscando seducir a cuanta fémina gatuna se dignara aparecer en su territorio de techos. Esta tarea la realizaba Lorenzo solo. Primero, había que encontrar al gato en algún recoveco de la casa: «Globo, Globo… michi, michi…», hacerlo jugar con un falso ratón (una media rellena de algodón), para finalmente rascarle con suavidad la panza. Ya en estado de adormecimiento, Globo se dejaba limpiar. Lorenzo guardaba las pulgas extraídas en una cajita de fósforos y no las aplastaba como le había enseñado su abuela. A las cautivas les tenía reservada una muerte musical al llegar la noche. Cuando su abuela se disponía a preparar la cena en la cocina a carbón, él era el encargado de mantener las brasas vivas hasta que llegara el instante de depositar en ellas las cacerolas de barro. Esto indicaba el turno de la muerte musical de las pulgas. Lorenzo las arrojaba una a una a las brasas, y, dependiendo del tamaño y la cantidad de sangre chupada, explotaban haciendo un ruido seco, pero distintivo. Sus ojos se abrían desproporcionadamente y los ¡pops! y ¡paps! del reventón le hacían sonreír sintiéndose todo un conductor de una orquesta de la Santa Inquisición que alguna vez había visto en una ilustración de la Enciclopedia Británica.

Cuando doña Guillermina tenía que ir al mercado, llegaba el momento de preguntarle a Lorenzo qué fruta especial lo tentaba ese día. Lorenzo tenía que tomar decisiones y se sentía el centro del universo con una gama de posibilidades bastante pequeña: naranja, plátano o manzana. Mmm ¿que pediría hoy? La matrona no tenía mucho que comprar, pero se demoraba dos horas y media en regresar del mercado por la necesidad de recoger las noticias y chismes frescos que pululaban en San Juan, además de encargarse de promover a sus candidatos para alcalde, concejal, senador y hasta el próximo jefe de la policía. Aquí es donde se enteró del ataque al corazón y de la cuarta boda de su comadre Jesusita. «Mi comadre tiene un corazón de hierro y los ovarios locos…», fue su comentario.

Después de un ligero almuerzo, en el que nunca faltaban ensaladas frescas, la abuela y su nieto tomaban una breve siesta y no había nada más programado en la rutina casera hasta las cuatro de la tarde, cuando su abuela lo mandaba a comprar pescado frito en la bodega del único asiático en todo San Juan. El pescado frito era para Globo, pero Lorenzo se las arreglaba para extraer un buen pedazo sin que hubiera testigos o prueba de su fechoría de media tarde. La salida de la casa a esa hora le permitía codearse con la gente de San Juan que regresaba del trabajo, mirar con curiosidad a las niñas que paseaban por el parque y emocionarse cuando veía aproximarse a su vecinita de trenzas negras y largas. Lorenzo perdía el paso cuando una vocecita de pajarito encantado se desprendía del grupo de doncellas bulliciosas: «Hola Lorenzoooo», y las compañeras de la trenzuda entraban en la histeria de risitas intermitentes. Antes de que Lorenzo pudiera responder el saludo, el eco de las risas lo acompañaría hasta llegar a la casa de su abuela. No entendía ni el alboroto de las niñas, ni su falta de aliento acompañado por una opresión en el estómago. ¿Sería el pescado frito robado?

Una vez acabada la cena, doña Guillermina rezaría el Rosario en compañía de las voces gangosas de las cucufatas de la radio local, presididas por el vozarrón del cura López Lavalle. Durante los rezos, Lorenzo tendría tiempo de jugar con sus camioncitos, armar rompecabezas y brincar con Globo, que ya se aprestaba a recorrer sus noches de amor gatuno. Acabadas las oraciones, la abuela y el nieto se preparaban para retirarse a dormir. Desde su cama, Lorenzo podía observar a su abuela desenredando su moño blanco. Siempre la había conocido como la típica abuela, con un copete alto de pelo cenizo, pero verla sentada al pie de la cama, acariciando con un peine de marfil su cabellera ondulante y desparramada sobre su espalda erguida, le daba la sensación de que el tiempo se detenía y que estaba ante una transformación que muy pocos conocían, ¡su abuela era bella!

Los domingos iban a la misa del mediodía, la más importante de las tres que se ofrecían ese día, para lo cual ambos se vestían con sus mejores galas y Lorenzo podía darse el lujo de caminar las cinco cuadras hacia la Iglesia del Santo Niño de Atocha, con Globo sobre su hombro como un perico peludo. La gente de San Juan ya se había acostumbrado a este desfile de Lorenzo, la abuela y Globo. El felino desembarcaba su figura elástica y los esperaba en el atrio de la iglesia hasta el final de los servicios religiosos del domingo.

La iglesia, edificada hacía más de cien años al estilo francés medieval (gracias a un obispo de apellido Du Rivage que recaló por esos lugares sin saber en dónde se metía), abría sus enormes puertas de madera tallada con escenas de *La Divina Comedia* y los feligreses entraban a un mundo de angustiosa serenidad. Sin embargo, todo se descuajaba cuando el cura López Lavalle empezaba sus peculiares sermones en un castellano ceceado. En ese momento de aburrimiento, Lorenzo solo pensaba en encontrarse con la mirada de la niña de las trenzas negras o irse a sacarle las pulgas a Globo. Acabada la homilía, y de vuelta a ese idioma desconocido que solo el cura dominaba para comunicarse con Dios, los feligreses volvían a su fervor de miradas lánguidas y llorosas que Lorenzo no comprendía. *¿Por qué parecen sufrir tanto?* Si a ello se le sumaba la voz quejumbrosa del único y vetusto violín interpretando piezas de Brahms, toda la muchedumbre entraba en un estado casi catártico de pesadumbre y dolor que desorientaba a Lorenzo. De repente, la niña de trenzas negras y vestido blanco aparecía a la distancia, sentada o arrodillada junto a su familia. Intercambiaban miradas breves y Lorenzo pensaba que así debería ser el cielo tan deseado por todos los feligreses: un silencio eterno decorado por la sonrisa de la niña de las trenzas negras con vestido blanco, la sonrisa de un ángel, embalsamada la escena con la música esporádica del vetusto violín.

Dos

La casa de doña Jesusita Jaramillo quedaba en el Valle de los Montañeses, a las afueras de San Juan, yendo hacia al norte. Aunque las casas estaban separadas y esparcidas por todo el valle, todos se conocían, pues provenían de las mismas antiguas familias que hacía trescientos cincuenta años tomaron posesión de esas tierras como especial concesión dada por el mismísimo virrey don Juan Ortega y Montañés (el promotor del culto a la Virgen de Guadalupe en México). El valle tomó su nombre: Valle Montañés, y posteriormente Valle de los Montañeses. Los pobladores del valle proveían de leña, leche de cabra, manzanas, chile y otros productos agrícolas a los pobladores de San Juan y Santa Fe.

Tenían fama de rudos y poco sociables, incluso se decía que sus ancestros habían sido judíos y musulmanes conversos.

Cuando le tocaba pasar las vacaciones de primavera con doña Jesusita Jaramillo, su abuela paterna, el sol apareciendo o desapareciendo marcaba el ritmo de las actividades de Lorenzo y su abuela. Todo giraba en torno al mantenimiento de las cinco hectáreas de tierra que su abuela había heredado a los dieciocho años. Su despertar no era tan apaciguado como en la casa de su otra abuela y la avena del desayuno era reemplazada por el atole con leche de cabra y tortillas recién hechas. En el almuerzo siempre apurado, los frijoles con chicos[4] eran la base de cualquier invención culinaria de doña Jesusita. Ella no era muy buena cocinera, pero sus tortillas y frijoles con pedazos de puerco eran famosos en el Valle de los Montañeses y a Lorenzo le encantaban. Años más tarde, ya un adulto, Lorenzo se preguntaba cuál era el secreto culinario de mezclar harina de maíz, agua y grasa de cerdo para hacer las deliciosas tortillas. La única respuesta que encontró lo emocionó: las manos de su abuela. Especuló que esas manos rudas y arrugadas probablemente exultaban su natural grasita que al mezclarse con los ingredientes producía una ambrosía que solo los que compartían el mismo ADN podían gozar hasta hacerlos lagrimear de placer y nostalgia.

La ayuda de Lorenzo en la casa de su abuela era esperada y necesaria, especialmente en aquella época, en que los brazos masculinos eran escasos debido a la guerra en Europa. Lorenzo ya había aprendido a plantar y recolectar el chile, separar las matas picantes de las no picantes, tostarlas, amarrarlas en ristras, recoger hierbas medicinales, limpiar la acequia, alimentar las cabras, preparar tamales, freír empanadas, embotellar encurtidos de pepino, recoger leña seca y arriar piajenos y cabras con destreza. Todas estas tareas no le dejaban mucho tiempo libre y la ausencia de libros era notable: lo único que tenían para leer era el voluminoso catálogo de Sears. Nieto y abuela se sentaban juntos a soñar con posibles compras para la casa, regalos de Navidad y ropa para Lorenzo. Jesusita doblaba la punta de las páginas del catálogo y le preguntaba a Lorenzo si le gustaba lo que había escogido para

---

[4] Maíz deshidratado.

él. Si la respuesta era afirmativa, iría a la mismísima tienda Sears, ubicada en Santa Fe, y pediría examinar las camisas, pantalones y chaquetas seleccionadas. Después de verificar que le quedaran bien a Lorenzo, procedería, a escondidas, a reproducir con papel de periódico los modelos escogidos. Luego adquiriría las telas en alguna tienda judía de Santa Fe y ella misma se encargaría de coser los modelos recortados. «Yo soy mejor costurera y ya compré en Sears la máquina Singer. Si no para que la venden...», le decía a su nieto, mostrando una sonrisa abocardada proveniente de unos labios pintados de un rojo intenso. Lorenzo nunca había visto el color natural de sus labios, solo ese rojo carmesí que en la oscuridad de la noche parecía un faro sobre su cara redonda.

En la casa de doña Jesuita no se rezaba el Rosario, pero sí se escuchaba la radio después de la cena. La doña ponía a sonar su enorme RCA Victor minutos antes de la cena con los programas del *Command Perfomance, CBS World News Today, NBC War Telescope y* la serie para niños, *Cisco Kid.* Le encantaba escuchar las canciones y acento de Carmen Miranda en el programa del *Command Performance.* La vitalidad coqueta de la cantante portuguesa criada en Brasil, le hacía recordar sus juveniles tramas con los hombres y hasta algún momento pensó en hacerse un sombrero como los de la cantante, pero que ella, en su versión nuevomexicana, pondría chiles, zapallitos y manzanas en vez de frutas tropicales. El programa radial había sido creado por el gobierno federal y tenía como objetivo hacer más placenteros los momentos de descanso de las tropas en Europa. Ella sentía que en algún lugar de Francia, su hijo y padre de Lorenzo, estaría escuchando la misma música y esto le producía una sensación de cercanía compartida. Gracias a la radio en tiempos de guerra, la distancia se acortaba por unos segundos y la esperanza de un regreso feliz se ensanchaba hasta el otro día. Una vez acabada la programación para adultos que se transmitía a intervalos de quince minutos, Jesusita y Lorenzo entraban en el mundo de las aventuras de *Cisco Kid*[5]. Este andante caballero mexicano que vagabundeaba por el oeste norteamericano en compañía de su asistente Pancho, ayudando a desventurados y oprimidos, mientras enamoraban a las

---

[5] Basado en la ficción de O. Henry, originalmente llevaba por título: *The Caballero's Way.*

señoritas que encontraban a su paso, le hacía, de cierta manera, recordar a su hijo Hermenegildo, en tanto que Pancho se parecía mucho a su tercer esposo, por lo barrigón y bigotudo.

ℜℜℜ

Doña Guillermina de Vivar y doña Jesusita Jaramillo eran dos abuelas con dos formas distintas de amar, dos imperfectas mujeres que hacían lo imposible por enseñarle a Lorenzo acerca de la vida que merecía vivirse en los tiempos ominosos de la guerra en Europa que ya estaba mandando de regreso sus cadáveres locales. Ya mayor, Lorenzo siguió considerándose un suertudo del carajo porque las voces de sus abuelas, entre gritonas y persuasivas, seguían vibrando en su memoria afable. Ya sea cuando comulgaba con una tortilla recién hecha o cuando se adentraba en un libro recién descubierto, sus abuelas renacían con las primeras flores de primavera o las últimas frutas de verano, con preguntas y más preguntas y con sabores nostálgicos infinitos.

Santa Fe, abril 2017

Huevos De Pascua II

A Alicia Cugliari

"Si la Semana Santa marcea,
o muerte andea".
—Dicho popular

Uno

San Juan y el Valle de los Montañeses en marzo amanecían todavía fríos, no obstante que las ramas de los árboles ya comenzaban a estirarse con un apretado bostezo de insinuantes astillas verdes. Todo parecía indicar que algo iba a suceder, que la explosión de verde se daría de un momento a otro, pero todavía era muy temprano y había que esperar un mes más. Las largas lengüetas de nieve en las montañas Sangre de Cristo sugerían todavía la necesidad de arropamiento a pesar de que el opaco sol de marzo insistía en hacerlas desaparecer. Una clandestina lucha de elementos naturales cubría de ansiedad expectante a los lugareños, pero tendrían, después de todo, que esperar un poco más para asimilarse a los beneficios bondadosos de la primavera.

Jesusita Jaramillo, abuela paterna de Lorenzo, alistaba su rutina esta mañana más fría que templada, pensando que pronto Lorenzo vendría a pasar sus vacaciones de primavera con ella y, como todos los años, le sería de gran ayuda en sus menesteres matutinos. Miró desde la ventana al lado izquierdo de su camastro, los picos de las montañas salpicados de blanco; la visión enmarcada por los tules que filtraban coquetamente la luz del sol mañanero le dio una idea bastante precisa del clima para este nuevo día a sus sesenta y cinco años a cuestas. Como era su costumbre desde que su abuela materna le enseñó a predecir el clima, precisó para ese martes de marzo un día claro con bajas temperaturas, visibilidad óptima, humedad relativa alrededor del cuarenta por ciento. Venía practicando esta suerte de ritual meteorológico casero cada mañana por más de cincuenta años, y nunca había fallado en su agüería. Todo le indicaba que, a pesar de sus deseos para una mañana templada, todavía había que encender el fogón para que la casita de adobe con techo de calamina pudiese calentarse sin la ayuda del sol esperado.

Sin deshacerse de su camisón de franela, se cubrió con la manta hopi que le servía de cubrecama y envolviéndose como un tamal mal amarrado se calzó sus botines de cuero de cabra y se dirigió al portal para recoger leña para el fogón. Cargó lo que pudo sostener con sus dos brazos y caminó tambaleándose con su ofrenda de pinos y sabina hacia su casita de adobe. Antes de depositarlos dentro de la boca del fogón de hierro negro, tuvo que sentarse a recuperar el aliento que se le escapaba como un ciervo mal herido. *Me falta traer agua de la noria para preparar el cafecito y el atole... cómo me gustaría que Lorencito estuviera aquí para ayudarme*, pensó. De regreso, cargando una cubeta con agua en cada mano, un zumbido estridente reverberó en cada uno de sus oídos, seguido por una explosión astillada de dolor en el corazón. Soltó los baldes, mientras sus manos abrazaban su pecho, exclamó: «¡Ah carajo!» en el silencio de esta mañana macilenta. Su cuerpo se fue deslizando poco a poco hacia la tierra húmeda, junto al ciprés más cercano a la entrada de su casa. Un vecino, que le vendía leche de cabra cada dos días, la encontró babeando y tiritando, tirada como un costal de papas mojado. La llevó con la velocidad propia de su camioneta Ford 1940 al hospital de San Juan. Allí, Jesusita conoció a Ezequiel Ortega, quien se convertiría en su cuarto esposo. Ezequiel, con sus setenta años de excesos en la vida disipada, se estaba recuperando de una infección a la próstata. Ambos saldrían casados del hospital, con la intención de recuperar su salud, las virtudes del amor en edad avanzada.

La boda se realizó en la capilla del hospital, inmediatamente después de que les dieron de alta a los añejos tortolitos. Con escasa concurrencia, a media mañana, la ceremonia nupcial fue oficiada por el cura Hugo López Lavalle, el españolísimo párroco de San Juan quien ya había unido en santo matrimonio a doña Jesusita con su tercer marido y a quien también le había administrado la extremaunción años atrás. Por supuesto que el cura aceptó esta cuarta boda con desgano porque, según su razonamiento ortodoxo, los cuerpos de los feligreses de esta edad deberían dedicarse a servir al Señor, a las obras caritativas de la parroquia, a las tareas nimias de arreglar y desarreglar altares y preparar las grandes efemérides eclesiásticas como la Navidad, Semana Santa y las procesiones del santo patrón San Juan. «Los cuerpos a esta edad pertenecen al Señor y a su gloria, ya no están para procrear o satisfacer el llamado diabólico de la carne», les había hecho saber con el cejo fruncido y apuntándoles con el dedo índice a punto de disparar una excomunión. La pareja no le discutió, se limitaron a tomarse de la mano y con cara inocentona le pidieron que procediera con rapidez con el papeleo requerido porque no tenían tiempo que perder.

—Si Dios es infinito, o sea sin tiempo, por qué le debería preocupar nuestras edades. Al Señor Santísimo no le importa un carajo el tiempo —contestó altiva la doña ante la impertinente sugerencia del padre.

—¡Cuanto más vieja, más blasfema…! —exclamó el cura santiguándose con celeridad tres veces.

A la boda religiosa asistió un pequeño grupo conformado por los recién casados, su comadre Guillermina que se había enterado del ataque al miocardio y la boda en el mercado de San Juan, Lorenzo, único nieto, el vecino lechero que le salvó la vida y dos enfermeras que actuaron como testigos en la boda. Después de la ceremonia en la que el cura López Lavalle ni siquiera se dignó a ofrecer una homilía, se dirigieron al Restaurante El Greco, situado en la plaza mayor, para celebrar las recientes nupcias. Era la hora del almuerzo para los empleados de la alcaldía, el pequeño banco local y el diario *La Nueva Estrella*; todos eran comensales consuetudinarios, doblemente hambrientos por las noticias sobre la guerra en Europa y las enchiladas al estilo San Juan con harto chile verde recién pasado por las brasas. Al verlos entrar al restaurante, muchos de ellos aún masticando sus menjunjes, se pusieron de pie para recibir a los recién casados con sonoros y espontáneos aplausos. No faltaron los comentarios sardónicos entre tanta algarabía sincera: «Doña Jesusita los ama hasta morir», expresó alguna lengua sibilina.

Los parroquianos les deseaban lo mejor y mucha felicidad, estrechándoles las manos a su paso hacia la mesa reservada para la ocasión. Estentóreos «¡vivan los novios!» se dejaban escuchar de vez en cuando. «Mejor dicho, que sobrevivan los novios», deslizó cáusticamente el cura López Lavalle, mientras buscaba su asiento en la mesa del agasajo nupcial. Cuando el desfile improvisado de los recién casados llegó a su final, varias voces entusiastas pedían al dueño del restaurante que pusiera a sonar *La Marcha* (de Zacatecas). «¡*La Marcha, La Marcha*!», insistían golpeando las mesas con las palmas de las manos. Danny García, más conocido como el Greco, no tuvo más remedio que hacer funcionar su fonógrafo RCA Victor Modelo Especial y se armó el bailongo dentro del austero espacio del restaurante. Ezequiel le ofreció el brazo a su amada y detrás de ellos se colaron numerosas parejas. Según la tradición, *La Marcha* siempre es presidida por la pareja de más edad; en este caso, este privilegio les correspondió a los mismos recién casados. Después de dar varias vueltas alrededor del apretado recinto, las parejas pasaron a formar un trencillo al ritmo de la canción. Ezequiel sintió un leve movimiento usurpador entre sus piernas cuando posó sus manos en las caderas de su nueva esposa. Le gusto lo que sintió y deseando una réplica más vehemente, apretó con descaro las carnes de las redondeces movedizas de doña Jesusita. Lorenzo desde su esquina observaba con risueña admiración que Ezequiel causaba una alegría peculiar en el rostro de su abuela y concluyó que estas vacaciones de primavera serían diferentes.

Dos

Ezequiel veía a Lorenzo como un citadino debilucho que tenía que aprender de la vida en el campo ya que ésta no era bondadosa con nadie. En su nuevo papel de abuelo postizo, se interesó en mostrarle los tejes y manejes en el Valle de los Montañeses. Lorenzo se sorprendió gratamente cuando lo invitó a realizar algunas tareas de la Hermandad de Penitentes ya que la Semana Santa estaba *ad portas*. Lorenzo entendía esta invitación como una especie de graduación o pase a la liga de mayores: por fin aprendería sobre los rituales secretos de los varones del valle.

Durante esta época el alcohol y las carnes (las que se comían y las que no) estaban prohibidas a los hermanos penitentes y había muchos preparativos que atender: congregar a la selecta membresía de la hermandad, seleccionar posibles novicios, desempolvar los alabados, limpiar la Morada, trenzar los látigos de hierba amole, fabricar la cruz en la que uno de los hermanos sería levantado, planear el recorrido de la procesión del *via crucis*, y otros detalles que solo el Hermano Mayor daría a conocer oportunamente.

Todos los preparativos deberían hacerse con la mayor discreción posible, ya que las actividades de los penitentes habían sido prescritas por el arzobispado de Santa Fe y el cura López Lavalle andaba de fisgón. Se podría decir que, en San Juan, dos paralelas semanas santas sucedían: una oficial en la ciudad, en la Iglesia del Santo Niño de Atocha, presidida por el cura López Lavalle, y a la que asistían la mayoría de las familias de San Juan; y la otra, que se desenvolvía en el Valle de los Montañeses, a las afueras de la ciudad, con los rituales sangrientos de los penitentes que involucraba solo a los varones del valle.

Lorenzo perdió rápidamente su entusiasmo inicial y se sintió un tanto decepcionado cuando se enteró que su tarea consistiría en limpiar los alrededores de la Morada de los Penitentes, sacando malas hierbas y recogiendo basura, sin poder ingresar al recinto sagrado. Por más que intentó fisgar por las dos únicas ventanas de la casita de adobe ubicada en la cima de una colina solitaria, no pudo observar nada que satisficiera su curiosidad. Las ventanas eran muy altas para su tamaño. Al término de su tarea, se sentó en una roca casi plana a esperar que Ezequiel terminara sus misteriosas actividades dentro de la Morada. Desde su sitio en la parte alta de la colina podía observar todo el Valle de los Montañeses con sus formaciones rocosas tipo hongo, sus casas dispersas serpenteadas por el río y un manto azul intenso que daba la impresión de aprisionar el valle dentro de una burbuja brillante. Nubes dispersas y muy bajas parecían haberse inflado de blancura para dibujar formas que la imaginación de Lorenzo iba descifrando con bastante parsimonia. Suspiró de aburrimiento masticando una pajita y por un momento se dejó absorber por la tranquilidad del escenario y hasta creyó ver unas debiluchas trenzas al lado izquierda de la bóveda celeste, que le recordaron a su vecinita en San Juan.

De regreso a la casa, sentados muy juntos en un carruaje jalado por dos aletargadas mulas, Lorenzo interrogó a Ezequiel:

—Señor Ezequiel, ¿por qué usted es penitente?

—¿Por qué? Porque mi padre, mi abuelo, mi bisabuelo y mi tatarabuelo fueron penitentes…y porque los hombres pecamos mucho…ya te enterarás cuando seas mayor…Porque para ganarse el cielo, siendo tan mierda como somos los hombres, hay que tener un par de huevos bien puestos, ¡tamaño catedral! —dijo alzando la voz y continuó casi para sus adentros—: Tenemos que purificarnos como lo hizo nuestro Señor Jesucristo, con dolor, con sangre. Ya lo entenderás… —No pudo terminar su discurso porque dos hombres encapuchados se plantaron frente a las mulas y le hicieron señas a Ezequiel para que se desmontara. Ezequiel no se inmutó porque a pesar de las capuchas parecían conocerse. Cuchichearon por breves momentos y le entregaron el látigo de hierba amole que medía aproximadamente tres metros de largo y veinte centímetros de ancho, con metales y vidrio en las puntas de las líneas que conformaban el trenzado; también le entregaron un cofre de madera conteniendo unas navajas de diversos tamaños. Se despidieron con un: «Alabado sea el Santísimo». Lorenzo no quiso preguntar más por temor a que Ezequiel le fuese a repetir la cantaleta: «Ya entenderás cuando seas mayor». El resto del camino lo hicieron en silencio, pero en la mente de Lorenzo todavía reverberaba la idea de que para ser católico penitente había que tener unos huevos bien puestos y bien grandes.

Tres

Jueves Santo. En la Iglesia del Santo Niño de Atocha en San Juan, los feligreses asistían a la consagración de la Eucaristía, el lavado de los pies y la remembranza de la Última Cena. Doña Guillermina se sentía satisfecha de que el cura López Lavalle hubiese escogido ese año a verdaderos indigentes para la ceremonia del lavado de los pies. Un gran ejemplo de humildad que el año anterior no se pudo lograr porque al curita se le ocurrió lavarle los pies a los jóvenes soldados que se iban a la guerra en

Europa. En el Valle de los Montañeses, desde muy temprano, los penitentes se habían congregado en la Morada para recitar alabados y después ir juntos a visitar los dos cementerios del valle.

Viernes Santo. Los católicos de San Juan se despedían en el atrio de la iglesia con rostros compungidos, pero con un mensaje de esperanza: después de la muerte (el Viernes Santo) vendría la Resurrección y el Maestro les había dejado en la Última Cena su cuerpo hecho pan y su sangre hecha vino para recordar su sacrificio de amor por la humanidad. En el Valle de los Montañeses, los penitentes volvían a la Morada para emprender el *via crucis* y la crucifixión de uno de los hermanos. El que iba a ser subido en la cruz debería jalar una carreta con pesadas rocas y una estatua de la muerte. Iba a ser flagelado, escupido y humillado a lo largo de todo el camino y la cruz que jalaría estaría llena de cactus puntiagudos. Los montañeses seguirían esta muestra pública de tortura y humillación, formando dos apretadas hileras de gentío lloroso y vociferante. Los esbirros a la usanza romana, como hinchas aguerridos de una barra brava en un partido de fútbol, azuzarían a la multitud. Los celadores se encargaban de que los ánimos no se caldearan demasiado, portando ostentosamente sus Winchesters.

A medianoche empezaba el Rito de las Tinieblas. Las matracas y una lánguida flauta acompañarían los aullidos que anunciaban la desesperación por la muerte del Salvador. Lorenzo, que se había escapado de la casa de doña Jesusita, para estar más cerca de la acción de aquella noche de ritos sacros, se apostó cerca de la Morada, sin poder ver mucho. Una luz mortecina se escapaba de una de las ventanas y los gritos de dolor se esparcían como un eco amorfo por todo el valle. En la Morada, Ezequiel, el Sangrador, hacía el mejor de los cortes en las espaldas de los novicios que imploraban por más sufrimiento; entre ellos, Randolfo Jaramillo, que aullaba como un lobo enjaulado. Ezequiel sabía que cuanto más dolor causara, más cercano estaría él del cielo. El coadjutor de la Hermandad apenas se daba abasto para secar las heridas y brindarles a los penitentes una reconfortante infusión de hojas de romero. Lorenzo, al escuchar los alaridos mezclados con los reverberantes alabados, sin poder ver nada, dejó que el miedo se apoderara de su imaginación, dudó de su fe y decidió regresar a cobijarse en la casa de su abuela.

Sábado de Gloria. Se suponía que San Juan y el Valle de los Montañeses despertarían de entre las tinieblas para gozar de la buena noticia de la Resurrección y la posible llegada de la primavera. Se esperaba que las familias se reuniesen a departir y comer cordero con chile verde o rojo en un ambiente lleno de esperanza por un nuevo porvenir, casi sin pecados, algo así como una Navidad adelantada. Pero en lugar del idílico ambiente de paz y tranquilidad, la noticia del hallazgo de un cadáver en el Valle de los Montañeses enterró la algarabía de la Pascua de Resurrección y prolongó el aliento lúgubre de Viernes Santo.

Encontraron el cuerpo de un hombre despatarrado a un costado de uno de los caminos improvisados que llegaban a la Morada de los Penitentes; estaba envuelto en la típica bata blanca de los penitentes y la cercanía a la Morada indicaba que podría ser un miembro de aquella cofradía. La sangre había teñido completamente de morado la túnica y formado una especie de capa pegajosa sobre el occiso que las más avezadas moscas ya empezaban a degustar.

Pero ¿quién podría ser? Su identidad fue develada inmediatamente después del arribo del capitán Agüero, jefe de la policía de San Juan: Randolfo Jaramillo, hermano penitente, residente del valle, escultor de bultos[6], primo lejano de doña Jesusita y bien conocido por todos con el apelativo Pene Loco. En la mente de los sanjuaninos y montañeses, no cabía especular mucho. Randolfo era conocido no solo por sus habilidades como tallador de bultos, sino que también por sus correrías amorosas. Soltero empedernido y con una lengua de oro (al decir de algunas damas), sabía conquistar a cuanta damisela pudiera caer bajo sus hechizos palabreros. Por lo tanto, enemigos no le faltaban entre padres, hermanos, esposos, e inclusive mujeres que habían sido víctimas de su desmedida afición por el amor clandestino, apasionado y efímero. Por fin alguien había tomado la justicia en sus propias manos y castigado con la muerte al famoso Pene Loco de San Juan, se especulaba.

---

[6] Pequeñas y rústicas representaciones de santos hechas en madera de álamo. A los escultores de bultos también se les conoce como "santeros". Es una artesanía que proviene de los tiempos de la colonización española.

Entre los rumoreados enemigos saltó el nombre de Ezequiel. El ahora esposo de doña Jesusita contaba en su haber dos poderosos motivos y una excelente oportunidad. Ezequiel tenía una joven hermana con un hijo mongoloide atribuido al difunto; venganza o justicia por parte de Ezequiel lo ponían en la mira de los posibles sospechosos obligatorios; aún más, se decía que alguna vez Randolfo había cohabitado con doña Jesusita. Motivos plausibles: venganza de hermano y/o celos de viejo. Claro que otros ciudadanos afectados por el Juan Charrasqueado de San Juan (*"Era valiente y arriesgado en el amor. A las mujeres más bonitas se llevaba. En esos campos no quedaba ni una flor"*, como dice la canción), tenían también de sobra motivos para matarlo. Aunque en el caso de Ezequiel, también existía la oportunidad. Ezequiel era el sangrador de la Hermandad de los Penitentes y, por lo tanto, un experto con el cuchillo. Se conjeturaba entonces, que éste había podido infligirle cortes mortales para afectar órganos esenciales o partes importantes del cuerpo durante la ceremonia de iniciación de los penitentes, y no cortes benignos como se acostumbraba. Una llama de ira vengativa y otra por celos, más su función de sangrador lo ponían en la mira de las investigaciones. Con motivo y oportunidad, Ezequiel pasaba a encabezar la lista de "personas de interés" del capitán Agüero.

El juicio popular en boca de los ciudadanos de San Juan y del Valle de los Montañeses avanzaba mucho más rápido que las investigaciones del capitán Agüero y muchas disquisiciones se entrecruzaban en los almuerzos del Domingo de Resurrección apuntando a la culpabilidad de Ezequiel. Entre las más comunes y compartidas se manejaba la versión de que Ezequiel, una especie de ángel exterminador popular, ya estaba viejo, no tenía nada que perder y habría buscado ejercer la justicia divina puesta en sus manos como sangrador. A veces el dolor físico no era suficiente para limpiar los pecados y había que mandar directamente al pecador al infierno *via express*, y no mediante el tradicional *via crucis*. Si eres pecador, solo la muerte te redime ante los ojos de los humanos. El sentimiento popular acerca de la muerte de Randolfo se plasmó claramente en el titular de *La Nueva Estrella*: *"Muere Penitente: ¿justicia divina o justicia humana?".*

La investigación de esta muerte poco usual en San Juan estaba a cargo del capitán Agüero como todos lo esperaban. Sin embargo, estando cerca las elecciones para decidir sobre su permanencia en el cargo, al capitán no se le ocurrió una idea mejor que aprovechar este misterioso incidente para promocionarse y pasar por un moderno policía, creando la Unidad de Investigación Criminal de San Juan. Todas las ciudades importantes tenían desde hacía mucho tiempo este tipo de oficina y San Juan debería ponerse a la altura de metrópolis importantes como Chicago, Nueva York, Los Ángeles, así lo había anunciado pomposamente en el diario *La Nueva Estrella*. Como jefe de la unidad especializada, y único miembro de la misma, designó a su hija Benancia, quien a los treinta y tantos años, parecía poco probable que consiguiera un buen marido y un mejor trabajo. La robusta mujer ya laboraba como secretaria de la estación policial y, sin mucho que hacer, pasaba el tiempo escuchando programas radiales de detectives como *Sherlock Holmes, Poirot, Charly Chan, Inspector Thorne, Philip Marlowe, Dragnet, Misterios de verdaderos detectives, Secretos de Scotland Yard* y *Dick Tracy* entre otros programas muy de moda en esa época. Los programas radiales preferidos operarían en ella una obsesión parecida a la del Quijote por los libros de caballería. Según su padre, su interés por la criminalística y su educación radial, la convertían en la persona más adecuada para ocupar este puesto tan importante.

El lunes, después de la Semana Santa, Benancia Agüero se presentó en la casa de doña Jesusita, cuando ya estaba por oscurecer, con la súplica paterna de que no la cagase porque de ello dependía su permanencia como jefe de la policía. Llegó vistiendo sus mejores ropas para la ocasión: botas vaqueras, fedora y un saco de cuero negro bastante largo que le permitía esconder no solo su sobrepeso, sino la Colt .45 y su libreta de notas.

—Buenos días te dé Dios, Benancita.

—Detective Benancia, a sus órdenes doña Jesusita.

—Pásale, nomás…. ¿quieres un cafecito?

—No gracias, estoy de servicio.

—¿Mmm?

Benancia no se sentó a acompañar a doña Jesusita y se puso a dar vueltas alrededor de la ella mirando de reojo el desarreglo de la salita donde sobresalía un descolorido cuadro del Corazón de Jesús. En su mente, buscaba indicios de un crimen. Por supuesto que no encontró nada pertinente, pero sintió que estaba haciendo muy profesionalmente el papel detectivesco que había aprendido en la radio.

—¿Dónde estaba usted el día de la muerte de Randolfo? —Soltó su pregunta a boca de jarro, deteniéndose frente a la cara de doña Jesusita.

—¿A qué hora se murió, sabes?

Benancia no tenía esa información. Por los partes policiales sabía la hora exacta en que fue encontrado el cadáver, pero no el momento cuando este cuerpo mugroso y ensangrentado había dejado el mundo de los vivos, no lo sabía. Aplicando la deducción detectivesca que tanto admiraba de los programas radiales, concluyó que el occiso había devenido en cadáver entre el Jueves y Viernes Santo. *Elemental, Benancia*, se dijo y volvió a plantear la pregunta:

—¿Dónde estaba usted entre el Jueves Santo en la noche y el Viernes Santo en la mañana?

—Ah, pues, Jueves Santo de mañana lo pasé aquí, con Lorencito cocinando para la Pascua de Resurrección, decorando huevos de pascua y después el viernes fuimos a lo de la crucifixión. Ahí vi a Randolfo extenuado, lloroso, como nuestro señor Jesucristo… pero muerto no estaba.

—¿Y qué más?

—Me dio pena verlo en ese estado y me traje a Lorencito a la casa. Era mucho drama para un chico de su edad. Creo que Lorencito se escapó en la noche intentando ver algo más sobre lo que hacen los penitentes. Tú sabes cómo son los chicos de su edad, los mata la curiosidad…

—¿Matar de curiosidad? Eso suena a motivo.

—Benancita, te conozco desde que te cagabas en los pañales, no me hagas pensar que no solo creciste, sino que también ahora eres tonta… Lorencito es un niño curioso, nada más.

Benancia no se inmutó, se acomodó el sombrero para ocultar parte de su cara y prosiguió con su interrogatorio.

—Tengo entendido que el occiso era su primo y que…

—¡Chismes de pueblo chico…! Randolfo fue un buen tipo, mujeriego, pero buen primo.

—¿Y desde cuándo no lo veía?

—Vino para Navidad a comer tamales.

—¿Cree que su actual esposo, Ezequiel, tenía algo en contra de él?

—Pregúntale a él. Yo no sé nada… Y si me disculpas, tengo que cocinar unas calabacitas para llevar al funeral.

—*Okay*, doña Jesusita, yo solo cumplía mi deber.

Se sintió satisfecha con su interrogatorio. Realizó a cabalidad su deber de investigadora, tal como lo había aprendido: los gestos, la voz, hizo preguntas, utilizó la deducción y ya estaba lista para entrevistar a su sospechoso más importante.

Benancia encontró a Ezequiel removiendo fardos de alfalfa en la casucha aledaña a la casa principal, en el lado norte, que ya no recibía la luz del sol a esa hora. Lo penumbroso del lugar y el silencio le dibujaron una escenografía misteriosa propicia para ejercer su labor de detective, se ajustó la cartuchera en la que portaba la Colt .45 de su papá y entró al recinto con pasos decididos.

—Buenas tardes… ¿Está usted aquí Ezequiel?

—Buenas te dé Dios Benancita. ¿Qué se te ofrece?

—Buenas tardes le dé Dios don Ezequiel, ahora soy detective de mi pa… de San Juan y quería hacerle algunas preguntas sobre el muertito que hemos encontrado.

—Tú dirás…

Benancia cambió el tono respetuoso para dirigirse a las personas mayores, tal como lo había aprendido desde que era una mocosa, y se dispuso a interpretar su mejor *performance* de detective dura, como lo haría Boston Blackie (personaje radial, ladrón de joyas convertido en detective privado). Se paró enfrente de Ezequiel, descansando sus manos en la hebilla del pantalón y abrió las piernas exageradamente. Así se imaginaba los movimientos del detective de la radio. Quedó mirando a Ezequiel y hasta le pareció escuchar la música del órgano de la radio antecediendo a sus preguntas y un breve comercial del jabón Rinso *"que lava todo lo que está sucio en su casa"*. Ezequiel no dejaba de mover los fardos de alfalfa tratando de terminar su tarea antes de que anocheciera.

—Ezequiel, Ezequiel qué bello es el amor, lo felicito por su reciente boda.

—Gracias —dijo Ezequiel con desgano.

—El amor para un hombre de su edad es muy importante… y la competencia puede hacernos hacer locuras… los celos, usted sabe. —Benancia estaba usando otra táctica de interrogación aprendida de la radio: acusar sin acusar.

—Usted tiene un cargo muy importante en la Hermandad de los Penitentes, ¿no es cierto?

—Soy un humilde servidor del Señor, como tantos otros varones del valle.

—Pero no todos son un instrumento muy filudo de Dios, don Ezequiel.

—Al que Dios se lo da, San Pedro se lo bendiga. —Ezequiel comenzó a perder la paciencia frente a esta conversación tipo interrogatorio que no llevaba a nada.

—Benancia, Benancita, ¿por qué no me preguntas directamente, así yo te respondo de la misma forma?

—Bueno si así me lo pone: ¿Acuchilló usted a Randolfo durante los rituales prohibidos de los penitentes?

—Yo solo le marqué tres cruces en la espalda, como a cualquier otro penitente que quiere lavar sus pecados con sangre y dolor. Los latigazos se los dio él mismo y en la crucifixión la comunidad hizo lo suyo.

—¿Le tajó algún órgano vital?

—Yo solo corto la piel, y además ¿qué órgano vital hay en la parte superior de la espalda? Yo no terminé la escuela como tú, pero de anatomía sé un poquito.

—Tendría que leer el informe de la autopsia que se lleva a cabo en Santa Fe.

—Cuando lo leas me avisas, ahora déjame terminar mi trabajo antes de que anochezca.

Buscando en su cabeza algo que decir para poder terminar la sesión como un verdadero detective, Benancia miró su reloj y se le vino a la mente Dick Tracy, lo cual la hizo desear que alguien la escuchara del otro lado de su reloj común y corriente.

—Sí, ya es tarde. Ya hablaremos después. —Volteó pausadamente su cuerpo, como si llevara una larga cola de plumas en el trasero, y se encaminó a su camioneta.

Cuatro

Con todo el desbarajuste ocasionado por lo de la muerte de Randolfo y las sospechas que caían sobre Ezequiel como aguacero tempranero, las abuelas decidieron que Lorenzo debería regresar a San Juan. Doña Guillermina lo fue a recoger del ranchito y al encontrarse con doña Jesusita la quedó mirando, como buscando algo diferente en ella. La notó un poco más delgada pero con el mismo ánimo alegre de siempre. Se acercó a saludarla como era su costumbre, se abrazaron por unos breves segundos y el cafecito fue ofrecido puntualmente. Doña Guillermina dudó por un momento, pero no quiso desairarla, porque significaría que algo había cambiado entre ellas.

—Sí, gracias comadre, pero tengo que regresar pronto a San Juan.

—Ya está listo comadre, pase nomás... —dijo percibiendo esos microsegundos de vacilación de su consuegra.

—La acompaño en su dolor, comadre, Randolfo era Randolfo.

—Gracias comadre, ¿desea unos bizcochitos?

—No gracias, así nomás, un cafecito rapidito.

—¿Cómo van las cosas con su nuevo marido?

—¿Qué dirá usted, a mi edad, pensando en el amor...? El doctor me aconsejó que me cuidara el corazón, y eso es lo que estoy haciendo. Por eso me casé. Las cosas iban mejor de lo que me esperaba, pero los acontecimientos de la Semana Santa han arruinado la luna de miel que a nuestra edad hay que tomarla a plazos.

—Sí, comadre, ¿cómo va su corazón?

—Contento, alegre como un picaflor, pero...

—Entiendo, funerales y casorios no deberían ir juntos.

Las doñas pasaron a revisar la larga lista de allegados y conocidos que se habían muerto ese año de 1944, y los quehaceres de los que aún quedaban vivos, hasta que saltó el nombre de Benancia Agüero.

—Ay, Benancita se cree detective… eso le pasa porque no tiene marido —exclamó doña Jesusita.

—Es una cuestión política, comadre, pura publicidad de su papá. Ya se le pasará y volverá a sus programas de radio y a su búsqueda del amor con los hombres equivocados.

—Pero mientras tanto jode y jode, poniendo a mi Ezequiel como sospechoso número uno y a mí como cómplice, ¡imagínese!

—Cuando fue mi alumna en la escuela, gordita y peleona, nunca me dio problemas, cumplía las tareas escolares.

—¿Será todo esto un castigo de Dios o al menos una advertencia? El cura nos dijo que no deberíamos pensar en el amor porque ya tenemos fecha de vencimiento, usted sabe.

—Comadre, ya quisiera ser como usted, el cura es un poco anticuado. ¿Cómo le ha caído a Lorenzo todo este embrollo?

—No sabría decirle.

—Bueno, me lo llevo a Lorenzo a San Juan para que usted tenga la tranquilidad de arreglar sus asuntos.

Las abuelas se despidieron sabiendo que las dos querían lo mejor para Lorenzo, pero que en ese momento una tenía más tiempo que la otra para encargarse del nieto, que no siempre coincidían en la forma de criarlo y que, probablemente, muchas preguntas diluviaban en la cabecita de Lorenzo acerca de lo acontecido y había que responderlas en su debido tiempo.

Ya en su casa de San Juan, después de la cena y el Rosario y en la intimidad de la habitación, mientras se cepillaba su cabellera, doña Guillermina le preguntó a Lorenzo:

—¿Qué piensas de lo que pasó en el Valle de los Montañeses?

—No sé, un penitente murió, la detective Agüero sospecha de Ezequiel. La gente habla, yo no sé nada, yo solo fui a limpiar la Morada.

—Pero la noche del jueves te escapaste para ir a la Morada, ¿verdad?

—Sí, abuela, pero no vi nada. Estuve solo un rato. Hacía frío, me asusté con los gritos y ruidos que hacían los penitentes y regresé a la casa de la abuela Jesusita. …No vi nada.

—¿No viste nada, de nada?

—No abuela, ya te lo dije. ¿Tú también sospechas de Ezequiel?

—Yo no soy policía o detective. No me interesa encontrar culpables. Me interesa saber si habías visto algo de lo que quisieras hablar.

—Abuela, los penitentes lloran, gritan, se lamentan, sufren... y yo no quisiera ser ese tipo de católico.

—Tú no tienes por qué seguir esa tradición. Pero sí quiero que sepas que si tienes algo que te estás guardando, me lo puedes decir en cualquier momento. ¿*Okay?*

—*Okay*, ¿me puedo ir a dormir?

—Anda con Dios.

Cinco

Benancia leyó dos veces el informe forense proveniente de Santa Fe. Entendía poco o casi nada. *"La junta médica conformada por el cuerpo forense de Santa Fe, después de analizar el cuerpo mortis del ciudadano Randolfo Jaramillo llega a la conclusión de que la causa de su deceso se encuentra en una alteración en los genes F8 o F9 que producen el factor VIII (FVIII) y el factor IX (FIX) del sistema de coagulación. Los trece factores que forman parte de la cascada de coagulación fueron interrumpidos, causando que las heridas previas no coagularan en el tiempo normal, produciendo hemorragias externas. Cabe señalar que esta condición es de carácter genético".*

Nunca había escuchado un programa radial de detectives en donde se manejara este lenguaje médico enrevesado, ni que se hiciera alusión a la causa de la muerte debido a una interrupción de la "cascada de coagulación", así que decidió pasar el bulto a su padre en un informe en el que daba cuenta de los interrogatorios efectuados, repetía lo que decía el informe de la autopsia y terminaba con la pregunta: *"¿Quién interrumpió la "cascada de coagulación" de Randolfo Jaramillo?"*. El capitán Agüero leyó el informe, quedó mirando a Benancia y le dijo con todo el amor paternal que podía sostener en su corazón:

—Buen trabajo Benancita, tienes que corregir los errores ortográficos. Caso cerrado.

—Pero… ¿y el culpable?

—Su madre. La hemofilia es una condición genética que se hereda a través de los genes maternos. Randolfo no sabía que era hemofílico, sino no se hubiera metido a martirizarse con los penitentes; ellos tampoco lo sabían, no tenían por qué saberlo. Murió desangrado, punto.

Benancia tuvo sentimientos encontrados. Por un lado, le agradó que su padre apreciara su trabajo como detective, pero éste había durado muy poco. Tendría que seguir siendo la secretaria de siempre hasta que apareciera otro muertito, pero también tendría más tiempo para su entrenamiento radial, se dijo, mientras ponía la Colt .45 sobre el escritorio del capitán Agüero.

La Nueva Estrella publicó en su primera página: *"Ni justicia divina, ni justicia humana: simplemente mala suerte"*. Al funeral de Randolfo asistieron sus amigos y familiares más cercanos, más algunos curiosos. Los asistentes vistiendo ropas oscuras ya le habían rezado el Rosario, durante la noche, y ahora comían entre murmullos calabacitas, frijoles y tortillas mientras hablaban de todo menos de Randolfo. Luego llevarían el cuerpo a ser sepultado. A la hora de colocar su cuerpo bajo tierra en uno de los dos cementerios del Valle de los Montañeses, se alzó el vozarrón de un hermano penitente que tenía su rostro cubierto con una capucha negra:

—¡Hermano Randolfo, descansa en paz! Tu sangre ha lavado tus pecados. Amén.

—¡Amén! —repitieron los presentes.

Doña Jesusita cogió un puñado de tierra y lo derramó sobre el ataúd mientras decía constriñendo sus lágrimas:

—¡Eres familia, pendejo! ¡Descansa en paz!

—Gracias por tu arte —agregó doña Guillermina.

Los enterradores procedieron a poner tierra sobre el ataúd. Algunos presentes miraban el hoyo con desprecio, tragando saliva; otros soltando pesadas lágrimas y apretando las mandíbulas. Lorenzo, aturullado entre las dos abuelas, se tocaba los testículos.

Santa Fe, agosto 2018

Trotsky en Taos

"The essential American soul is hard, isolated,
stoic, and a killer. It has never yet melted."
—D.H. Lawrence

Uno

Para Lev Dadovich Bronstein (más conocido como Leon Trotsky) New York en enero de 1917 era una mini Europa —pero sin las secuelas desastrosas de la Primera Guerra Mundial en curso— y lo recibía con los brazos abiertos. Con dos millones de habitantes (de los cuales un cuarenta por ciento estaba conformado por migrantes europeos, entre rusos, italianos, polacos, alemanes e irlandeses) la bulliciosamente capitalista ciudad de New York pasaba por un período de bonanza económica y cultural. El modernismo cultural se expandía y la economía reflejaba un crecimiento extraordinario gracias a la venta de pertrechos de guerra a las partes beligerantes.

New York, *The Melting Pot*, lo recibía con un aura de libertad quedando a sus espaldas el constante fisgoneo y censura a sus actividades periodísticas y políticas en Europa. Aquí era bienvenido como un ángel de la paz y por lo menos cuatro periódicos cubrieron la noticia de su arribo. El *New York Tribune*, publicó en primera página: *"Con bayonetas, cuatro países expulsaron al pacifista Leon Trotsky"*. El *New York Times* mencionaba su dura pelea por "predicar la paz en Europa". El *New Yorker Volkszeitung* urgía a sus catorce mil lectores ir a recibir *"a nuestro siempre perseguido camarada"*. El *New York Call* anunciaba la llegada de Leon Trotsky *"(quien) había sido perseguido por las autoridades del orden capitalista europeo con especial severidad y venganza"*. Por último, el periódico izquierdista *Novy Mir* (Nuevo Mundo) resaltaba que con la llegada de Trotsky, *"América ganaba un decidido luchador por la revolución internacional"*. Se podría decir que Trotsky fue recibido como una celebridad en un contexto bastante particular en el que los planteamientos socialistas convivían con un capitalismo en alocada expansión. Todos los males del capitalismo estaban presentes, pero aquí se respiraba libertad y la palabra socialismo todavía no se había convertido en demoníaca, como pasaría más tarde al ingresar Estados Unidos a la Primera Guerra Mundial. Más aún, socialistas, anarquistas y contestarios tenían una presencia política y cultural importante en la ciudad de New York; y hasta un socialista había sido elegido miembro del Congreso de la República. Cualquier noche, después de las extensas jornadas de trabajo, no era raro para la población neoyorquina ir al Cooper Union en Manhattan o al Beethoven Hall en la calle Diez Este, para escuchar los discursos de la anarquista Emma Goldman, del socialista Eugene Debs, de Margaret Sanger, la activista por los derechos reproductivos, y hasta al mismo Trotsky en febrero de 1917.

❧❧❧

A dos semanas de su arribo, y todavía sintiendo unos mareos intermitentes producto de su larga travesía marítima de quince días desde Barcelona a New York, Trotsky se hallaba sentado mirando por la ventana del tren que lo llevaba de New York a Chicago. Le había costado admitir que la decisión de visitar secretamente Taos en New Mexico, le parecía temeraria y extraña. No era su costumbre realizar viajes inesperados y poco planificados, a pesar de que muchos de éstos le habían sido impuestos a él y a su familia por los gobiernos de Rusia, Austria, Alemania, Francia y, últimamente, España. Prueba de ello es que cuando se enteró que iba a ser deportado a los Estados Unidos, en vez de a Cuba, se puso a estudiar inglés. Había que prepararse para minimizar las consecuencias negativas de su azarosa vida revolucionaria, había que adelantarse a las situaciones, la predictibilidad era un instinto de supervivencia aprendido desde que estuvo preso en Siberia siendo muy joven. Sin embargo, este viaje a Taos le resultaba inesperado, sin una meta clara y que lo había aceptado por la necesidad intuitiva de conocer el llamado "Atlantis Rojo" en la misma panza del capitalismo norteamericano.

Se había enterado de este lugar lejano y casi mítico llamado Taos durante una de las tertulias que tenía habitualmente en el Café Monopole ubicado en la Segunda Avenida y la calle Diez Este. Aquí asistían con regularidad intelectuales, artistas y políticos radicales, especialmente de la comunidad judía. Trotsky se sentía muy cómodo saboreando un delicioso May Wine (vino blanco alemán del Rin, con champaña y jugo de frutas) mientras jugaba ajedrez y departía con ellos. En una de esas frías noches neoyorquinas donde hay que patear la nieve para poder desplazarse, se le acercó a su mesa el joven pintor Joseph Uffer que había estudiado en la Académie Julian de París y sin ser socialista había quedado impresionado con las ideas de Trotsky sobre el arte, durante su estadía en esa ciudad. Recordaba perfectamente sus palabras y las aceptaba con fruición: «Las galerías de pinturas, esos campos de concentración de colores y belleza, sirven como un apéndice monstruoso de nuestra realidad cotidiana incolora».

Venía acompañado por el periodista John Reed (que escribiría una crónica de la revolución bolchevique titulada *Diez días que conmovieron al mundo*) y la rica heredera Mabel Dodge, amiga íntima del periodista. Fue Reed quien hizo las presentaciones del caso. Joseph Uffer, bastante más joven que sus amigos, se sentía un tanto nervioso porque no sabía cuál podría ser la reacción del revolucionario ruso cuando le mostrase sus pinturas. Joseph no quería su aprobación artística, sino que deseaba hablarle del contenido de su pintura: los nativos taos en New Mexico.

El pequeño grupo invirtió varios minutos hablando de arte en general, las nuevas tendencias artísticas en París rebotando en New York y los planes de Trotsky para escribir un libro que llamaría años más tarde *Arte y Revolución*. La voz nasal de Trotsky no se dejaba escuchar claramente por lo atiborrado del recinto, pero éste no cesaba en su intento de agradar a sus acompañantes con frases que incluían a los artistas como "los compañeros de viaje" en el camino hacia la revolución socialista. Pasó un buen rato de dicharachera conversación hasta que por fin Trotsky le prestó atención a la pintura de Joseph Uffer. Acomodándose el marco de sus pesados anteojos redondos pudo observar la composición que presentaba a un indígena en cuclillas, envuelto en una manta de tibios colores y que con mirada afable preparaba el fuego en una *kiva*[7].

—Obviamente, la pintura denota un buen manejo de la técnica, pero lo novedoso es su contenido... La sensibilidad del artista tiene la libertad de alertarnos sobre una realidad que pocos conocen o no es la ordinaria, en este caso, el mundo de los nativos americanos —dijo.

—De eso queríamos hablarle, camarada Trotsky, de una realidad poco conocida y que a nuestro parecer contradice todo lo que el industrialismo ha creado. Queremos mostrarle esta nueva realidad —dijo Mabel Dodge clavando en Trotsky una mirada firme que anclaba la conversación justo donde ella quería.

Se reunieron dos o tres veces más en el mismo café, casi a la misma hora, y Trotsky pudo apreciar más pinturas de otros artistas que habían pasado una temporada en Taos. Comenzó a prestar atención a la pasión con la que los pintores hablaban de este lugar y si bien trató de entenderlos, su mente ideologizada lo llevó a pensar que le estaban hablando de un "comunismo primitivo", tal como lo hubiera caracterizado Carlos Marx. Cuando pedía explicaciones más concretas de las costumbres, códigos de vida y relaciones de clases de los nativos de Taos, solo recibía generalidades entusiastas que siempre terminaban con un: «Tiene usted que verlos, sentirlos, dejarse acoger por su naturaleza». Obviamente, las respuestas a sus interrogantes eran resueltas por artistas, por pintores, y no se les podía pedir más, según Trotsky.

Se dejó seducir por la idea de visitar el lugar cuando en una de sus conversaciones Joseph se ofreció como guía y Mabel Dodge se comprometió a pagar todos los gastos del viaje, ofreciéndole también sus contactos en Santa Fe y Taos para resolver las

---

[7] Estructura circular de piedra usada para ceremonias religiosas por los nativos pueblo en New Mexico. Con el tiempo devino en el nombre de las pequeñas chimeneas cóncavas usadas en el hogar de los nativos y los nuevomexicanos.

necesidades de alojamiento, comidas y relaciones con las autoridades indígenas y los pintores radicados allí.

—Queremos crear una colonia de artistas con una visión del mundo distinta de la que tenemos ahora, tan llena de consumismo y explotación, con otra ética, con otro arte. No solo pintores y escultores, pero también escritores del talento de D.H. Lawrence se suscriben a esta visión; y si me permite citarlo, él resume categóricamente nuestro afán diciendo: «Queremos juntar unas veinte almas y salir de este mundo de guerra y miseria y fundar una pequeña colonia donde no sea el dinero el que resuelva nuestras necesidades sino una especie de comunismo basado en una decencia real, un lugar donde se pueda vivir de una manera simple». Eso dijo el escritor y nosotros nos adherimos a esta cruzada a cabalidad.

Trotsky esbozó una amanerada sonrisa entendiendo esta afirmación a su manera: los artistas anticapitalistas, quieren formar una cédula revolucionaria con los nativos de Taos.

Recién llegado a *The Empire City*, todavía esperando que se hiciera realidad su contratación como columnista de algunos periódicos radicales como el *Novy Mir* y *Forward* (Nuevo Mundo y Adelante) y con Natalya buscando un lugar más modesto para vivir que el hotel Astor House en Times Square, donde los habían alojado los prominentes líderes de la intelectualidad judía, evaluó que estaba en una transición que le abría la oportunidad para conocer algo novedoso y potencialmente revolucionario, sin alterar sus planes propagandísticos en el corto plazo.

—Estos días de transición hacia tareas prosocialistas más concretas, me da tiempo para visitar Taos. ¡Vamos a Taos! —les dijo mientras estampaba unos entusiastas besos rusos en las mejillas rozagantes de Mabel Dodge.

Dos

El panorama de New York a Chicago, visto a través de la ventana del tren, todavía no le mostraba lo que se le había prometido. Era más de lo mismo, recorriendo largas distancias que en Europa le hubieran permitido cruzar varios países y que revelaban el desborde de un capitalismo abrumador: las chimeneas de las fábricas no dejaban de escupir al cielo su humo negro del progreso, el vapor de las máquinas industriales se pegaba a la piel de las masas grises y desesperanzadas, las estructuras de hierro y cemento se multiplicaban semejando esqueletos monstruosos dispuestos a engullir el aire y el espacio de las atiborradas hordas de trabajadores quejumbrosos desfilando hacia las factorías y minas las veinticuatro horas del día. ¿Dónde estaba ese lugar tan maravilloso llamado Taos?

El paisaje, que pasaba delante de la mirada atenta de Trotsky con la rapidez de una revista turística, cambió sustancialmente una vez que pasaron la estación del tren en Topeka, Kansas; las ciudades y los edificios se empequeñecían, las distancias entre ellas se hacían monótonas y a Trotsky le parecía que conforme avanzaba a su destino final, entraba a un túnel del tiempo por la parte trasera, viajando al pasado. Miró a Joseph Uffer dormido incómodamente en su asiento del tren y se dispuso a escribir sus primeras impresiones de este viaje en su libreta de notas. Buscando una página en blanco, encontró una frase de Natalya, la madre de sus dos hijos y compañera de otros exilios que decía: *"Este ha sido el único viaje de lujo en toda nuestra vida"*, refiriéndose a su travesía desde Barcelona hasta New York. Sonrió cariñosamente, recordando todas las dificultades de estar constantemente en movimiento, cambiando de país, de casa y hasta de idioma, con dos hijos y una conviviente, y añadió su propio comentario después del de Natalya: *"Así son los españoles… tanta era la urgencia para deshacerse de mí, que hasta nos pagaron el pasaje de primera clase en el barco Monserrat"*. Luego de leer esta nota, escribió: *"¿Será Taos una nueva realidad como lo pintan los artistas o un producto de su narrativa de desarraigo? Veremos…"*.

Llegaron por fin a la estación de Lamy en New Mexico, cansados, entumecidos y respirando un aire frío y seco. Joseph le comunicó que permanecerían allí por dos horas, una escala técnica, le habían dicho. Eran más o menos las cinco y treinta de la tarde, la inmensa bola rojiza en el horizonte empezaba a esconderse detrás de las montañas y las ventiscas frías les golpeaban los rostros. Trotsky se arropó con una manta hopi que le ofreció Joseph. Juntos caminaron al restaurante de la estación donde, entre otros pasajeros, encontraron a algunos lugareños degustando cabizbajos tamales y frijoles. Las caras rudas y marrones y uno que otro vaquero de tez pálida irritada por el sol, no se inmutaron por su presencia. El menú era ciertamente limitado y optaron por un plato de frijoles con arroz y huevos fritos que les pareció el mejor manjar del mundo. Mientras comían casi en la penumbra por la poca luz que emanaba de las lámparas a kerosene, Joseph le comentó que estaban a dos horas de Santa Fe, si seguían embarcados en el tren, más las dos horas de escala técnica, llegarían a esa ciudad en cuatro horas. Si hacían el recorrido alquilando un automóvil, llegarían en hora y media, con suficiente tiempo para alojarse cómodamente en la casa de sus amigos artistas que los estaban esperando. Tiempo era lo que más contaba en las preocupaciones de Trotsky al emprender este viaje repentino, así que aceptó la idea y acabada la cena salieron rumbo a Santa Fe en un maltratado Dodge, al cual le fallaban los amortiguadores. En el automóvil manejado por un flacuchento joven de apariencia anglosajona que conducía como si fuera el piloto de uno de los recién inventados tanques de guerra, se dirigieron hacia las montañas que tenían que cruzar para luego bajar al valle de Santa Fe.

Sin detenerse en Madrid, un pueblito minero a la entrada de Santa Fe, pero todavía entre las montañas, al cual Trotsky pretendía conocer por sus características proletarias y potencialmente revolucionarias, llegaron a la "Ciudad Diferente". Con el cuerpo molido y sin poder haber gozado de la tranquilidad de una de noche invierno embardunada por la luz amarillenta de la luna llena, se dirigieron hasta el centro de la ciudad, donde encontraron una plaza de estilo español ya sin gente, dada la hora y el frío. Casi por intuición encontraron la calle Canyon Road, área de asentamiento de muchos artistas, muy cerca de la plaza, en donde se hallaba la casa de los Curtis y en donde pasarían la noche.

Trotsky sabía perfectamente que no estaba tratando con los usuales conspiradores, sino con artistas, así que después de las presentaciones protocolares evitó hablar de política y buscó calentarse junto a la pequeña chimenea ubicada en una esquina de lo que sería la sala de una casa de diseño desordenado. Lo modesto de la vivienda de adobe con muy pocos muebles pero llena de artefactos indígenas, mantas, cerámicas, lienzos y pinturas de todos los colores le pareció acogedor. Le explicaron que los nativos usaban estas pequeñas chimeneas en cada una de sus habitaciones y que resultaban muy eficientes para calentar los ambientes dada su forma cóncava, una especie de huevo duro cortado por la mitad, cuyas paredes irradiaban el calor de una manera suave y constante. El aroma a madera quemada era algo pegajoso y lo invitaba a relajarse entre desconocidos. Le dijeron que ese olor provenía de la leña del árbol de piñón que se consumía en la *kiva*. Le ofrecieron un té de *osha*[8] que fue el preámbulo para retirarse a dormir. Para sus anfitriones, Trotsky era un amigo de un amigo y eso bastaba para ofrecer su casa a un itinerante más, a un europeo recién llegado que venía a deleitarse con la luminosidad del paisaje y lo exótico de las culturas nativas y españolas en el *southwest*.

En la mañana, después de un desayuno con café, panecillos y un plato de atole (maíz hervido con leche y piloncillo) aparecieron más nítidos los rostros de sus anfitriones. Los Curtis ya llevaban un buen tiempo en Santa Fe, y se les veía muy adaptados al ambiente, después de haber vivido siete años en Florencia. Helen y Bob Curtis vestían botas vaqueras, pantalones de montar, gruesas camisas de franela y unos pañuelos de seda sujetados en el cuello. Obviamente, no eran vaqueros o rancheros, pero esa forma de vestir les permitía estar siempre listos para movilizarse a caballo alrededor de Santa Fe. Helen, como musicóloga, se dedicaba a estudiar las danzas y cantos de los nativos; y Bob, como pintor, andaba siempre en busca de modelos cuyo único requisito era que fueran nativos, sin importar género o edad; y cuanto más curtidos los rostros, mejor. Los Curtis se percataron de la indumentaria citadina de Trotsky, su mirada vivaz, grandes espejuelos montados sobre una nariz prolongada y su pelo revuelto de niño malcriado, etiquetándolo como un periodista o intelectual proveniente del Viejo Mundo. Antes de despedirse, Bob Curtis le aconsejó a Trotsky que tomara con calma sus desplazamientos por la ciudad: «Estamos en una zona alta y le puedo faltar el aliento», le dijo.

---

[8] Raíz usada como energético en infusiones.

Joseph y Trotsky se dirigieron al Callejón del Burro, cruzando la plaza que tenía un corte europeo pero sin la elegancia correspondiente. Rodeada de pasto seco, al centro exhibía un obelisco de cemento que le pareció horrible; él hubiera preferido una hermosa fuente con diseños del rococó; a los costados ubicó dos tiendas de productos alimenticios secos, otra de antigüedades y artesanía indígenas, una farmacia, un par de pequeños cafés y, franqueando el lado izquierdo de la plaza, un largo edificio de estuco blanco, de una sola planta y con muchas largas ventanas, llamado Casa del Gobernador. Apenas los rayos solares inundaban porciones de la plaza, asomaban algunos lugareños siguiendo el paso del sol y evitando las calles todavía opacas. Pequeños carruajes con caballos y jinetes empezaban a aparecer y Trotsky prestó atención al lento despertar de la ciudad donde todos, anglosajones e hispanos, parecían conocerse. En una de las esquinas soleadas, notó la presencia de dos nativos parados uno frente al otro, envueltos en sus mantas y charlando casi petrificados. Era su primer contacto visual con los nativos de esta área. El Callejón del Burro era el lugar donde los hispanos traían la leña que abastecía las chimeneas de las casas de Santa Fe. Aquí deberían encontrar al señor Murphy, un comerciante escocés que tenía negocios en Taos y que los iba a transportar hasta allá en su Ford-T.

Tres

El viaje de doce horas a Taos, por un camino barroso, curvilíneo, de subidas y bajadas, no estuvo libre de eventualidades: varias veces tuvieron que detenerse, ya sea para empujar el Ford-T haciéndolo avanzar sobre el lodo o para enfriar el radiador durante las empinadas cuestas. Recién cuando pararon en Embudo, la estación del tren procedente de Denver y que unía esta ciudad con Santa Fe y Taos, Trotsky pudo deleitarse con el calmoso transcurrir del río Grande, el perfume de las hojas de salvia y el saludo benevolente de los cedros ya sin hojas e inclinándose hacia la tierra. Se dio cuenta que esa combinación de desierto rocoso con valles angostos y colinas lengüeteadas de nieve le hacían recordar a su lejana Rusia, pero que además estaba entrando a otro tipo de espacio, uno en donde todo era más brillante y lento. Tuvo, sin embargo, que alejarse del bullicio de la pequeña estación, para sentir el canto silencioso del paisaje que le envolvía. Joseph se acercó para indicarle que ya estaban listos para continuar la marcha hacia Taos. Le molestó que le interrumpiera su ensimismamiento, justo cuando comenzaba a sentir esa sincronización entre él y las montañas purpuras, el perfume seco y punzante de las hojas de salvia y el remontar de las aguas del río casi inmóviles. La naturaleza que lo rodeaba le calmaba su característico temperamento hipertenso y en estado permanente de alerta.

Una vez que el camino se alejó del curso del río Grande, se encontraron en la parte alta desde donde se podía divisar, a lo lejos, la silueta de la ciudad de Taos recostada sobre las montañas Sangre de Cristo. Destacaba la que los nativos llamaban *Mó-ha-loh or Má-ha-lu*, la montaña de Taos. Joseph, que se había mantenido callado durante la travesía, ocupándose de la logística del viaje y tratando de no molestar al famoso revolucionario, se anticipó a los pensamientos de Trotsky y le dijo: «Estas montañas te aceptan o te rechazan; según los nativos, son una mole viviente». Trotsky se limitó a mover sus labios sin pronunciar palabra alguna aceptando el comentario, pero continuó absorto observando la vastedad territorial que le provocaba respirar profundamente y absorber el aire frío y hasta cierto punto liberador.

Llegaron a Taos cerca de las diez de la noche. La villa estaba en completa oscuridad y silencio si no fuera por el ronquido del motor del Ford-T y el rodar de las llantas aplastando la nieve. Murphy conocía muy bien dónde quedaba la casa del doctor Martin, donde Trotsky y Joseph serían alojados, porque siendo uno inglés y el otro escocés, más de una vez se habían enfrascado en los dimes y diretes sobre la soberanía de Escocia. Aún en la lejanía de Taos se sentían los pasos de la historia mordida de Europa. Sin embargo, sus peleas habían amainado últimamente, dada la situación de guerra en el continente europeo que los convertía en aliados; pero incluso así, Murphy no se cansaba de refregarle en la cara que la organización militar del Reino Unido era un desastre: «En la batalla de Somme, ustedes organizaron la carnicería y nosotros les dimos nuestros héroes. ¡Tienen rey por las huevas!».

A pesar de la hora y el frío envolvente, el doctor Martin los esperaba despierto y de buen ánimo. Les dio la bienvenida en la puerta de su gran casa de dos pisos, sosteniendo un enorme vaso de *whisky*.

—Bienvenido a Taos, señor Trotsky. Pase a calentarse, debe estar medio muerto de frío.

—Gracias…

—¡Espero que tu trago sea un escocés, porque de otra forma estarías envenenándote! —le lanzó casi gritando desde el carro el señor Murphy.

—Agggh! —se limitó a expresar el doctor Martin mientras caminaba junto a Trotsky, guiándolo con una mano en su espalda y la otra señalando la dirección a seguir, tratando de no derramar su trago.

El doctor Martin ya tenía varios años viviendo en Taos y era dueño de varias propiedades en el centro de la ciudad. Aparentaba unos cincuenta años, con pelo cenizo, cachetes prominentes y mirada distraída. Su presencia nunca podía ignorarse a donde fuera y donde estuviera, dada su talla alta y contextura herculina. Su nariz atomatada y sus ojos azules vidriosos daban cuenta de un consumo cotidiano de alcohol a cualquier hora del día; su pelo rubio desordenado y su vestimenta desarreglada lo presentaban como un bohemio más, y no como el galeno prominente que algún día había sido en la ciudad de Ilford, muy cercana al centro de Londres. El por qué decidió ejercer la medicina en Taos, siempre fue un misterio. Él y su esposa eran reconocidos benefactores de los artistas que iban colonizando Taos, y hasta se jactaban de que en la mesa de su comedor se había formado la Sociedad de Artistas de Taos. Tanto por su desempeño como el único médico en el pueblo, como por su vocación de chismoso, el doctor Martin conocía a todo el mundo con sus bondades y maldades. Sabía, por ejemplo, que los negocios del señor Murphy no solo eran de telas y herramientas, sino que también se dedicaba a producir *moonshine* (*whisky* ilegalmente destilado), que algunos artistas que colonizaban Taos eran consumidores de heroína y que la mitad de la población de Taos sufría de sífilis, afectando tanto a anglos como a hispanos e indígenas.

Trotsky se deshizo de la manta hopi que llevaba puesta sobre los hombros, aceptó el trago que le ofrecía el doctor Martin y, como si ya conociera la rutina de bienvenida, se dirigió a la *kiva* para calentarse. La casa distaba mucho de ser suntuosa, pero, comparada con la casa de los Curtis en Santa Fe, era ciertamente más espaciosa y proyectaba una atmósfera de misterio con sus dos pisos, anchas paredes de adobe, largos corredores, dos patios con fuentes de agua y ventanales amplios y enrejados. Desde donde estaba pudo observar los muebles de madera tallada que se hallaban dispersos en la amplia sala y cuyos tallados ornamentales le parecieron que ya conocía.

—Tenemos un conterráneo suyo entre la comunidad artística de Taos. Él fue el que talló estos muebles de madera y cuero. Qué pena que esté en Chicago atendiendo a una exhibición de sus pinturas, su nombre es Nicolai Fechin —dijo el doctor Martin al notar la mirada acuciosa de Trotsky.

—Si está aquí es porque el zar o los bolcheviques lo detestan —dijo Trotsky.

—Puede ser... miré esta pintura, es mi preferida Se la cambié por servicios médicos ilimitados. Se titula "La modelo".

Trotsky dirigió su mirada cansada al desnudo presentado en la enorme pintura. Mostraba el cuerpo de una mujer tendida boca abajo, con el pelo negro circundando la espalda, grandes y toscos pies iniciaban el camino visual hacia la redondez de sus protuberantes nalgas. Saboreó su trago y en ese preciso momento deseó estar calentándose junto al cuerpo de Natalya.

Al día siguiente irían a conocer a los miembros de la Sociedad de Artistas de Taos, a media mañana, dijo Joseph, así que habría que irse a dormir. Camino a su habitación, Trotsky se detuvo en frente de un ventanal amplio que daba hacia el jardín. Altos pastos ornamentales todavía se resistían a decaer por la fuerza del invierno y se mecían lentamente con sus penachos secos. Le pareció ver entre ellos una figura humana abrigada por una manta blanca, casi mimetizada, entre la nieve sostenida por las altas gramas de césped, la forma humana no parecía tener movimiento. Trotsky se quitó los anteojos, los limpió con su pañuelo, agudizó su mirada lechucera para discernir si era una sombra o una persona, y no pudo distinguir nada. Siguió a su habitación pensando que la altitud y el cansancio le estaban alterando los sentidos.

A media mañana, Joseph y Trotsky decidieron caminar hasta la casa ubicada en la calle Kit Carson donde los esperaban los miembros de la Sociedad de Artistas de Taos. Era su primer día en un Taos que lucía como tapizado de diamantes amarillos resplandecientes por los efectos del sol sobre la nieve; la respiración de los hombres exhalaba un vaho caliente y de tanto en tanto, unos largos suspiros aletargaban sus pasos recordándoles que estaban a unos seis mil pies sobre el nivel del mar, sus cuerpos ateridos se desplazaban cuidadosos sobre la nieve.

La casa del pintor Couse era oficialmente el centro de operaciones de la Sociedad de Artistas de Taos. De unos treinta años, con cara pequeña de donde sobresalían dos notorias orejas, también había estudiado en el Académie Julian en París con Joseph Uffer y era considerado como un "romántico realista", es decir, sus pinturas presentaban a los nativos de Taos en momentos de sublime paz y armonía: cuidando el fuego recién encendido, contemplando el vasto paisaje, dibujando animales, tocando el tambor.

Vistiendo saco, corbata y sombrerito vaquero, Couse recibió al "emisario de la paz" en el jardín de su casa con remilgado protocolo. En el estudio contiguo a la residencia, en una antigua capilla de adobe que perteneció a los penitentes, se exponían gran cantidad de pinturas de diversos tamaños y estilos, las cuales tenían como monotema las imágenes de los nativos de Taos y su paisaje. Si bien era una mezcla de estilos, se notaba una influencia modernista, tanto del impresionismo como del naciente cubismo. «¡Ah! impresionismo, donde importa más cómo el artista ve el color de naturaleza, que su reproducción mecánica», fue la primera gran observación en voz alta de Trotsky.

La exposición de pinturas fue un proceso largo que Trotsky asimiló pacientemente. Tuvo que escuchar, observar y comentar la producción pictórica de cada uno de los integrantes de la Sociedad: Bert Geer, Joseph Sharp («Si yo no los pinto, nadie nunca lo hará…»), Oscar Burnighauds, Willian Donton («Aquí se respira el arte en el aire, los colores aquí no se inventan, están en el paisaje»), Ernest Blumenschein («Yo solo quiero reproducir la frescura y autenticidad de los nativos») y Joseph Uffer («Nuestra civilización no ha hecho sino tratar de eliminar el orgullo de los nativos, yo trato de restaurarlo en mis pinturas…»).

Al final, algo le quedó claro a Trotsky: si estos pintores estuviesen viviendo en ciudades grandes como New York o Chicago, no tendrían un tema tan exótico que pintar, no podrían darse el lujo de vivir en amplios espacios y que cualquiera que fuese su intención individual o colectiva, les permitía, después de todo, exponer las vidas y costumbres de los indígenas de Taos en la escena nacional. El problema que se le vino a la cabeza a Trotsky es que la mayoría de las pinturas eran adquiridas por coleccionistas y mecenas privados, según le contaron los mismos artistas. Entonces no era suficiente darles presencia a los nativos, sino que había que buscar una forma que permitiera una relación más directa entre este arte y las masas de trabajadores Si no se hacía esto, se pasaba de la idea del "salvaje" a secas, a la del "buen salvaje", encerrado en las salas de los ricos y sus galerías.

Terminado el encuentro, Joseph sugirió ir a visitar al comisario de Taos. Era costumbre que los visitantes se apersonaran a presentar sus saludos al comisario. Se trataba de una visita protocolar que evitaría que él los buscara después. Durante el trayecto Trotsky le preguntaba a Joseph detalles personales sobre los artistas que acababa de conocer. Quería entender más claramente quiénes eran estos artistas, de dónde venían y si existía la posibilidad de convertirlos en buenos contactos para la causa socialista.

El comisario Juan Baca era un hispano de unos cuarenta y cinco años, con enorme barriga, rostro curtido por el sol y bigotitos bien perfilados. Debajo de su voluminoso abdomen descansaba la cartuchera con su Colt .45. que ostentaba con particular orgullo. Le llamó la atención a Trotsky que este guardián del orden y la ley fuese tuerto y manco. Según se enteró después, había perdido un ojo y la mano izquierda en una riña entre borrachos tejanos. Uno de ellos le metió una puñalada en la cara y otro le disparó a matar, pero le cayó el tiro en la mano. Al final de la reyerta, Juan Baca había logrado arrestar a cinco sujetos él solo, pero a un gran costo. Desde esa época, para evitar la presencia de malos elementos pasando por Taos, los visitantes tenían que presentarse ante él o se arriesgaban a que los buscara barajando la sospecha de que tenían malas intenciones.

Joseph presentó a Trotsky como un periodista europeo importante. Baca lo miró de pies a cabeza y se limitó a apuntar su nombre y dirección. «Bienvenido, señor…Trots…ky. ¿Así se pronuncia ¿verdad? Gracias por venir… No se vaya a meter en problemas», le dijo mientras se fajaba el cinturón que sostenía su cartuchera. Trotsky le hizo una venia con la cabeza de cabellos alborotados y se retiraron camino a la casa del doctor Martin. Al salir de la oficina, camuflado entre chamisas y piñones situados al lado izquierdo del edificio, creyó ver la misma figura estática de la otra noche. *¿Coincidencia?,* se preguntó, su instinto alerta a seguimientos y complots, y siguió su camino a la casa del doctor Martin, buscando en su mente una explicación racional a estas apariciones.

En la casa del doctor Martin, quien ya llevaba puestos varios tragos tempraneros, Trotsky se dio con la agradable sorpresa del arribo de Mabel Dodge. El alboroto era general, no solo porque la dama traía noticias frescas de New York, sino que también una variedad de productos alimenticios muy extrañados por los artistas: salchichas, quesos, fruta seca, naranjas y sobre todo unas excelentes botellas de vino francés, todo ello muy difícil sino imposible de conseguir en este remoto lugar donde se hallaban. Para asombro y beneplácito de todos, Mabel había contratado, y traído con ella, nada menos que un cocinero griego. Ahora sí las tertulias serían verdaderos festines renacentistas, aceptaron todos los presentes.

Mabel también se quedaría en el hogar del doctor Martin hasta que pudiera alquilar o construir su propia casa, ya que pensaba por fin radicarse definitivamente en Taos. Trotsky se acercó a darle la bienvenida con sendos besos rusos. La quedó mirando con la cordialidad de un viejo amigo y le sonrió mientras sostenía sus manos en frente de él.

—Bienvenida a su paraíso, Mabel.

—Gracias camarada. Espero que haya ya tenido la oportunidad de palpar esta nueva realidad.

—En eso estamos —le dijo apretando las manos frías de Mabel. Ella le devolvió el apretón, mirándolo directamente a los ojos, buscando un cambio dentro de él desde su último encuentro en New York. La energía que ambos transmitían en este simple intercambio era obvia: una mujer fuerte, joven, desafiante, de ideas fijas y un hombre confiado en su intelectualidad, su trayectoria revolucionaria y de una caballerosidad que no guardaba reparos en mostrar admiración por los encantos femeninos de su interlocutora.

Después de la cena, donde fue aplaudida hasta las lágrimas la *performance* del cocinero griego, Mabel les mostró a los presentes el mapa del mundo que había traído. La idea era que se colgara en la pared de la sala del doctor Martin y quien tuviera información sobre las batallas, avances y retrocesos de la Gran Guerra, se acomidiera a marcarlo en el mapa, así todos podrían estar al tanto de lo que pasaba. Los miembros de la Sociedad celebraron la idea como genial y se comprometieron a compartir regularmente la información que poseían. Por primera vez desde su llegada a Taos Trotsky encontró un espacio que le permitía hablar de política.

—Excelente idea camarada Mabel —dijo alzando la voz para estar seguro de que todos los presentes lo escucharan y continuó—: La guerra en Europa tarde o temprano va a jalar de los pelos a los Estados Unidos y las cosas van a cambiar para peor para el movimiento obrero norteamericano y los intelectuales antisistema. Algunos socialistas serán absorbidos por la propaganda nacionalista y se perderá de vista que esta es una guerra entre imperios. No debiera criticar a la nación que me está brindando hospitalidad, pero, y eso es un gran pero, no me parece posible que el presidente Wilson esté trabajando muy fuerte por la paz y no la intervención en Europa.

Su pequeño e improvisado auditorio lo miró aturdido, sintiendo que les estaba malogrando la fiesta. Se oyeron unos «¡No a la guerra!» y unos tímidos aplausos. Trotsky alzó el puño izquierdo, los quedó mirando como esperando algo más de sus reacciones, y al notar la confusión de los presentes, decidió no continuar hablando y buscó salir airoso de ese momento de duda entre los artistas que se sentían aparte del "otro mundo" del que se habían escapado refugiándose en Taos.

—*Ypa!* (¡salud!) —exclamó levantando su vaso de vino tinto.

Todos bebieron y volvieron a la algarabía inicial, buscando engarzarse en las últimas noticias traídas por Mabel Dodge; algunos prefirieron volver a temas del arte y otros a preguntarle sobre sus planes de permanencia en Taos. Finalmente, Mabel buscó un aparte con Trotsky y cariñosamente le pasó la mano por su espalda, para murmurarle en el oído: «Muchos de los artistas están aquí porque es barato, porque tienen buen clima en contra de la TBC y porque quieren pintar, todavía no todos se dan cuenta que estamos en una realidad anticapitalista. Mañana iremos a encontrarnos con el jefe de guerra de los Taos». Trotsky le apretó el brazo con suavidad, como diciendo "nos entendemos...", al momento que la señora Harriet Monroe se le acercaba presentándose como editora de la *Revista de Poesía de Taos*. Vestía pantalones kakis, suéter rojo de cuello alto y de su cuello arropado colgaba un pesado collar de plata con diseños zuni con grandes pedazos de turquesas; de cabello corto medio rojizo y ondulado, pequeños ojos celestes saltarines y un universo de pecas en la cara, daba la impresión de ser una mujer mitad bohemia, mitad ama de casa.

—Señor Trotsky no vaya a creer que todos aquí estamos apartados de lo que pasa en el mundo. Mis poetisas y yo hemos tejido decenas de suéteres y bufandas que hemos enviado a la Cruz Roja.

—Ah, la madre universal —dijo Trotsky refiriéndose a la organización humanitaria; y, regándole una sonrisa condescendiente, le pidió que leyera uno de sus poemas.

Cuatro

Al día siguiente, después de un opíparo desayuno preparado por el cocinero griego, en el que se incluyó salchichas alemanas, pan recién orneado, queso feta con huevos y aceitunas, Mabel y Trotsky cabalgaron hacia Taos Pueblo. Joseph le había conseguido un par de botas de uno de sus colegas, pero todavía vestía su terno con chaleco, sin corbata. La luz solar era intensa, enceguecedora, pero aún así una ventisca helada penetraba sus cachetes cubiertos con pañoletas vaqueras. Trotar detrás de Mabel lo transportó por un momento a las cabalgatas juveniles en Ucrania, cuando perseguía a sus primas en la hacienda de su padre. Un hálito de vitalidad lo envolvía. Trotsky se sentía entusiasmado y hasta satisfecho ya que por fin develaría esa "nueva realidad" de la que Mabel Dodge y los pintores le hablaban con tanta pasión. La trayectoria, a través de un sendero de tierra bordeado de esqueléticos *cotton woods*, campos de alfalfa y mustias matas de maíz, no fue muy larga. Casi no hablaron durante el camino, pero se podía notar la excitación anticipada de ambos.

Entraron a la reservación de Taos, en donde un conglomerado de casas de barro de hasta de tres pisos se apiñaban al lado izquierdo de un inmenso descampado. La mayoría de las viviendas no tenían entrada frontal, el ingreso se hacía por los techos, mediante escaleras hechas de ramas de los árboles; pequeños huecos cuadrados fungían de ventanas sin marcos. Docenas de chimeneas humeaban tranquilamente esparciendo ese ya familiar olor a piñón quemado. En el lado opuesto a estas construcciones, se hallaba la iglesia dedicada a San Gerónimo. La campana del templo flotaba mecida por el viento y de vez en cuando dejaba escapar libremente su metálico sonido. A lo lejos, entre los edificios de barro y la iglesia, emergía la montaña de Taos. Trotsky la quedó mirando con especial atención mientras se bajaba del caballo que no cesaba de dar círculos concéntricos dificultando su aterrizaje a tierra firme. *¿Me estará hablando la montaña?,* se preguntó, al observar las diferentes texturas y tonalidades que se proyectaban desde sus laderas.

Nadie salió a recibirlos. Con paso firme y una sonrisa mordisqueada Mabel lo condujo a una de las casas de barro que sí tenía puerta de entrada y que estaba abierta. Al fondo, sentado en el suelo sobre una manta con diseños geométricos y fumando una pipa artesanal, se encontraba el jefe de la guerra. No bien cruzaron el umbral de la puerta, Trotsky sintió el peso de una mirada sobre su nuca y volteó su rostro rápidamente. La misma figura humana envuelta de pies a cabeza en una manta blanca que había creído ver en dos ocasiones, cruzaba el descampado sin dejar de mirar a Trotsky. Otra vez le entró la duda. ¿Sería la misma sombra que lo venía persiguiendo desde su llegada?

Mabel le extendió la mano al jefe, quien la sostuvo muy suavemente, sin apretarla. Lo mismo hizo Trotsky, a quien le pareció estar sosteniendo una mano sin huesos. El jefe les indicó dónde deberían sentarse: junto a la *kiva* que expelía el olor de artemisa quemada. Su suave perfume, proveniente del humo, hinchó los pulmones de Trotsky que comenzó a toser. El jefe esperó que terminara de toser y le ofreció una vasija con agua. Lo quedó mirando sin mayor expresión e inclinó la cabeza como dándole una segunda bienvenida: aquella que venía después de haberse Trotsky purificado con el perfume y humo de la artemisa. Mabel se le acercó y depositó delante del jefe una canasta de naranjas que había sobrevivido su viaje desde New York y la glotonería de sus amigos pintores. El jefe miró las frutas y dibujó en su cara una mueca de sonrisa como agradecimiento.

Mabel procedió a presentar a Trotsky, mencionando entre otros méritos, ser un emisario de la paz y enemigo de una civilización en decadencia. El jefe se limitaba a escuchar sin denotar ninguna emoción mientras acariciaba su pipa. Trotsky, no acostumbrado a tantas pausas y silencios entre humanos, se esforzó en mantener la compostura dentro de lo que parecía más una ceremonia religiosa que un encuentro entre dos líderes. Finalmente, se atrevió a preguntar:

—Si me permite... ¿Cuál es su función como jefe de guerra?

—Orar por la paz —dijo buscando con la mirada la montaña de Taos en el marco de la puerta.

—En la actualidad, hay una guerra mundial en curso... millones de personas están muriendo.

—Yo invocaré a los espíritus del lago Azul para que esa guerra acabe pronto. Las guerras no son actos naturales de la humanidad; vivir en paz, lo es. Vivir en comunidad, más grande o más pequeña, lo es. Cuando hay guerra se rompe el balance de las cosas y hay que restaurarlo pronto. Las guerras no son una necesidad de los hombres, es la negación de su humanidad.

—Pero ustedes han tenido guerras también... contra las tribus nómadas de las llanuras, contra los españoles, contra el Gobierno de los Estados Unidos...

—Cuando los malos espíritus poseen a algunos humanos y quieren quitarnos lo nuestro, separarnos de nuestra tierra, nos están mermando nuestra humanidad. Hay un orden en el universo: la unidad entre el hombre y la naturaleza y la unidad entre los hombres. Este orden es conflictivo en el día a día, pero se mantiene. Cuando se produce un desbalance más permanente, entonces hay guerra. Hay que rezar por el balance y, si eso no sucede, hay que sacrificar un poco de nuestra humanidad para restaurar ese equilibrio que nos permite vivir humanamente.

—Entiendo… —dijo Trotsky—. El fin puede justificar los medios, siempre y cuando se pueda justificar el fin.

La conversación siguió casi telegráficamente sobre otros temas. No era la misión de Trotsky argumentar sus puntos de vista, sino entender cuál era esa nueva realidad que se le pintaba hasta ese momento bastante abstracta, bucólica y más en la cabeza de los artistas emigrados que en la de los Taos. Éstos siempre habían profesado esa unidad hombre-naturaleza, nunca hubo dicotomía; la civilización moderna había quebrado esa unidad desde sus inicios y ahora los hombres andaban sueltos, errantes, individualizados, sin comunidad, sin referente, le había dicho el jefe con la pedagogía de un profesor de primaria.

—Si tienen tierras comunitarias, asumo que el excedente es también de la comunidad de Taos.

—Cuando la madre tierra nos da excedentes, es de todos. Cuando no nos los da, eso también es de todos.

Mabel se hallaba sentada un poco más atrás de Trotsky y seguía el diálogo en silencio y con lentos movimientos de cabeza asentía cada vez que el jefe decía algo que ella ya conocía.

—Tenemos que retirarnos… ¿Alguna pregunta final camarada Trotsky? —interrumpió Mabel cuando notó el cansancio del jefe.

—¿Cómo se llama el jefe?

—Oso Gris, es mi nombre de Taos, pero puede llamarme Joe.

—Yo también tengo nombre de animal… Trotsky es el nombre de mi carcelero en Siberia. Ambos sonrieron con complicidad y se dio por terminado el encuentro.

De regreso a la villa, trotaron en paralelo conversando acerca de la entrevista recién realizada. Mabel trataba de explicarle a Trotsky esta nueva realidad, según como ella la percibía. Se le notaba más calmada, contemplativa, cabalgando y conversando con la serenidad de un paseo dominical.

—Hemos llegado al límite de lo que nuestra civilización puede ofrecer a la humanidad. Los que nos ha dado hasta aquí es la individualización de la experiencia humana, nos ha separado hasta convertirnos en una sumatoria de soledades. Quizá el camino a seguir es reestructurar nuestro sentido de comunidad y de sincronía con la naturaleza, como lo hacen desde siempre los taos. Me pregunto si esa nueva realidad podrá ser lograda por los bolcheviques.

—Yo me pregunto si todos los que están aquí viven el mismo sueño.

—No, aquí hay de todo…Mucha gente blanca ha venido a hacerse rica, soñando volver a New York, Alemania, Filadelfia o Texas. Los hispanos se asentaron aquí hace más de trescientos años, se mezclaron con los indígenas, y, después de la invasión anglosajona, se retrajeron a sus quehaceres cotidianos con una actitud de dejar que las cosas pasen. Por temor o necesidad los anglosajones se han agrupado, sin mezclarse e ignorando la presencia cultural y económica tanto de los indígenas como de los hispanos. Lo anglosajones viven cerca a esta nueva realidad, pero se sienten atrapados aquí, sin verla. Puede ser porque la vastedad del paisaje los aísla, viven dentro de un territorio como puntos suspensivos sin conexión, sin crear la harmonía de una comunidad. Por ejemplo, ellos llaman mejicanos a los hispanos de Taos cuando en realidad son nuevo mexicanos y ciudadanos de Norteamérica. Éste solo hecho crea una separación: ¿Quiénes son realmente los extranjeros?

—Entonces, ¿Taos es un mito?

—No para mí. No hay que confundir la Villa de Taos con todos sus forasteros y Taos Pueblo. En el segundo nace esta nueva realidad que todavía no sabemos cómo emular porque ignoramos de qué elementos está hecha; yo la siento, la puedo absorber con toda mi piel, solo tengo que estar cerca de ella físicamente y con mente abierta. Es una nueva realidad que hay asimilar viviéndola, hay que intuirla, de poco sirve el racionalismo occidental. Con los taos pueblo yo siento toda esa falta de malicia que nos corroe en la villa, esa indulgencia, tolerancia y aceptación del otro; en la villa convivimos a pesar del otro... ¿No se siente diferente después de la conversación con el jefe?

—Bueno, sí porque yo pensaba que íbamos a conversar sobre tácticas, estrategias y organización... Ahora resulta que debo orar por la paz cuando yo nunca he rezado un *amidah* completo.

—No me refiero a esa parte, sino al hecho de estar en el recinto, oler la madera quemada, sentir honestidad, de hablar como conversando y no debatiendo... otra realidad.

—Creo que la montaña de Taos me está observando y todavía no me acepta —dijo Trotsky ante la insistencia de los comentarios que le parecían esotéricos.

—Todo ha sido real, lleno de sabiduría y vívida experiencia —terminó diciendo Mabel a la vez que arropaba sus emociones dentro de la manta que la cubría. Se irguió un tanto sobre la montura del caballo, aspiró con delicadeza el tenue aire frío y dejó que su inconsciente le confesara a su cerebro: *El jefe tiene hermosas pestañas y su rostro de bronce con líneas definidas me encantan.* Una muy suave vibración subía desde su entrepierna hasta sus mejillas, provocándole esbozar un gesto complaciente en el rostro. Trotsky percibió su sonrisa escondida y pensó que había dicho algo gracioso e inteligente.

Cinco

Las reuniones con otros líderes de Taos (el asistente del jefe de la guerra, el coordinador de las tareas agrícolas, miembros del consejo de ancianos, el asistente del gobernador) se realizaron en los dos siguientes días, algunas veces en la casa del doctor Martin; otras, en los campos de la reservación. Había especial interés de los taos por las reuniones al aire libre que se convertían en verdaderas caravanas por la cantidad de gente que se unía a la peregrinación a los sitios sagrados, como el lago Azul. El medio de transporte por esta época tendría siempre que ser a caballo o a pie. No se permitían carros jalados por caballos o automóviles, ni siquiera zapatos con clavos porque la tierra estaba descansando tranquilamente y no se podía molestarla con las vibraciones metálicas. Recuérdese que para los taos la tierra es un ser viviente que pasa por ciclos, tal y cual lo pasan los humanos. En este período de quietud antes de la germinación, nada podía alterar la paz del embarazo de la Madre Tierra, mucho menos las vibraciones metálicas de los carros y vagones. Trotsky así aprendía de la devoción y respeto con la que los taos se relacionaban con su paisaje natural, hasta el punto en que los encuentros se daban por terminados cuando el cielo comenzaba a tornarse rosado y amarillento, anunciado la puesta de sol. En ese momento los taos bajaban la voz casi al unísono, reverenciando la venida del anochecer y el sueño de la tierra. Trotsky absorbía este silencioso ritual como parte del descubrimiento de la "nueva realidad", aunque poco obtuviera sobre la organización de la vida social y política de los taos. Silencios necesarios, sinergia con la naturaleza, la tierra estaba viva, los taos funcionaban como una célula perfecta con códigos que eran hasta ahora un misterio para Trotsky.

Cuando las reuniones se realizaban en la casa del doctor Martin la cosa era más anárquica. No había hora de entrada o salida, las reuniones podrían prolongarse hasta muy tarde en la noche. Los invitados entraban y salían, cantaban, comían delicias griegas, discutían sobre arte, bebían, hasta que las voces guturales de un coro de cinco o seis varones de Taos imponían un silencio de camposanto. Todos los presentes rodeaban a los cantantes, y el tum-tum de sus tambores los transportaba al interior de sus penas y alegrías, sin entender la lírica de las canciones. Era como si sintieran un llamado a reconocer el palpitar de sus corazones al mismo tiempo. Una vez acabado el improvisado recital, los taos se retiraban con la satisfacción de haber realizado una buena acción para contrarrestar el caos que los rodeaba y los artistas continuaban con la algarabía bohemia.

Algunos artistas se acercaban a Trotsky con preguntas de grueso calibre como cuál sería el futuro del arte en este momento de destrucción, si los bolcheviques creían en el amor, si las mujeres socialistas eran más promiscuas que sus pares burguesas... Trotsky, vaso en mano, elaboraba, improvisaba, sentía su angustia y contestaba: «Uno solo no podrá salvarse, o todos o ninguno, únanse a la lucha por la humanidad, en el camino iremos dando respuestas a esas preguntas... La moral burguesa es hipócrita y machista... En cuanto a la mujer: deben tener los mismos derechos y obligaciones que los varones, pero su igualdad dependerá de su liberación económica... Y como opinión más personal les digo que las mujeres son los únicos seres que no solo entienden pero viven la dialéctica... Debo añadir que estoy de acuerdo con lo que dice el camarada Lenin: lo mejor de la burguesía son sus mujeres».

Desde la llegada de Trotsky a Taos y el posterior arribo de Mabel, la casa del doctor Martin se había convertido en un lugar de permanente tambarria casi todas las noches y esto había llamado malamente la atención del señor Smith, su vecino. Este era un sesentón con cara de pocos amigos, preocupado de su jardín de dalias y que no veía con buenos ojos a los artistas recién llegados, ni que estos, siendo anglos, se relacionaran con los nativos de Taos. Para él, los hispanos servían para hacerle trabajos de carpintería y construcción, los nativos para proporcionarle carne de ciervo y los anglos, bueno, ellos eran superiores y no tenían por qué vestir collares, hablar en castellano ni admirar una cultura de salvajes; las mujeres de cualquier raza deberían bajar siempre su mirada cuando él pasase delante de ellas. Nadie, absolutamente nadie que no haya sido su trabajador conocía por dentro su casa; sus únicos contactos personales en la villa eran el comisario Baca, su abogado y el jefe de correos. A través de ellos se enteraba de lo que pasaba a su alrededor. Dinero no le faltaba y tenía en su haber varios litigios judiciales relacionados a la compra-venta de tierras y minas de oro. Se decía que alguna vez estuvo casado con una hermosa hispana que se fugó con el barbero de Taos y que desde ese entonces se encerró en su casa a cuidar su jardín de dalias mientras maldecía el mundo exterior. Quizá su manera de castigar a la población (al mundo) era acopiar la mayor cantidad de propiedades en Taos e imponer así sus estándares morales.

Todos los martes salía de su casa a media mañana, se detenía en la oficina del correo para enviar o recoger correspondencia, chismeaba con el jefe de correos y luego proseguía su recorrido hacia la oficina de su abogado para saber la situación de sus querellas legales y, por último, terminaba almorzando con el comisario Baca. Todo este recorrido desde su casa lo realizaba a pie, apoyado en un bastón con empuñadura de oro, encorvado y arrastrando los pies sobre la nieve, a la vez que dejaba escapar algunas palabras en voz alta evidenciando pedazos de pensamientos enredados que le circulaban en el cerebro: «putas, putas... malas semillas... falta agua... mierda de gente... guerra... cadáveres... civilización... orden... animales... sexo sucio... pelo corto, pinga larga... ladrones...».

Fue en uno de estos almuerzos con el comisario Baca que el señor Smith descargó su malévola artillería chismosa:

—Algo raro está pasando en la casa de doc Martin, comisario. Gente entrando y saliendo, vivas a la paz, cantos indígenas, arengas, muchos aplausos... ¿Ha notado que muchos de los pintorcitos vienen de Europa? Algunos son judíos... Hay un ruso-judío moviendo el gallinero... Las mujeres usan pantalones... Hay mucho ruido y movimiento, yo diría que algo se está tramando ahí. Los salvajes visitan la casa en indumentaria de guerra y con tambores. He visto a Joe, el jefe de la guerra, entrando y saliendo en la noche como si fuera su casa. Le recuerdo que hay una guerra en Europa que nos está tocando la puerta... No hay que perder de vista una posible avanzada de espías —dijo el señor Smith como concluyendo un raciocinio de carácter docto.

—Me haré cargo de esto, amigo Smith, no se preocupe y manténgame informado, usted es un verdadero patriota —dijo el comisario sobándose el bigotito con el muñón de la mano izquierda.

Ese mismo martes en la noche Baca se presentó en la casa del doctor Martin, sin estar invitado, pero nadie se sorprendió por su espontánea aparición, todos siguieron en lo suyo después de mirar al comisario entrando a la amplia sala. Con la única mano disponible en el cinto, se detuvo al centro de la sala y comenzó a desarmar mentalmente el recinto. Todo parecía normal: un grupo de tres o cuatro personas conversando alrededor de una pintura de Couse, Mabel hablando en frente de la enorme pintura de Fechin, que por los gestos parecía que no se ponía de acuerdo con su interlocutor; la poetisa Harriet Monroe leía en voz alta de unos papeles arrugados, masticando las palabras; el doctor Martin bebía pequeños sorbos de *whiskey* escuchándola en silencio contemplativo; muchas colillas de cigarrillos en los ceniceros, del pesado fonógrafo Brunswick se desprendía la canción "Hasta que los muchachos vuelvan al hogar" del compositor inglés Ivor Novello (1914) —y al no entender el comisario la lírica le quedó la duda si era una marcha pacifista o un himno de guerra. En una esquina de la amplia sala reconoció a Trotsky, como arengando a un pequeño grupo de pintores de la Sociedad. Pudo escuchar entrecortadamente que Trotsky decía enfáticamente: «La insurrección es un arte, y como cualquier arte, tiene sus propias reglas...».

Allí estaba el maléfico y misterioso ruso junto al mapa de Europa que tenía alfileres con cabecitas de colores desperdigados por todo el continente. ¿Estaba Trotsky arengando? ¿explicando? ¿dando órdenes? Eso sí era intrigante y sospechoso. ¿Qué pasaría si toda esta coreografía de una tertulia de artistas era en realidad un operativo bien montado por los espías extranjeros que encabezaba Trotsky? La mente del sabueso corría a toda velocidad armando un rompecabezas confabulatorio. *¿Por qué no? Los hispanos de Taos se consideran todavía mexicanos, estamos cerca de México, querrán recuperar lo que se les quitó; los taos quieren soberanía sobre sus tierras, estos artistas tienen contactos en Europa y tienen una moral cuestionable, las mujeres parecen bolcheviques...estamos apartados, no hay mucho control del Gobierno, todo podría indicar que aquí se estarían moviendo fichas alrededor de la guerra en Europa. No es casual que haya llegado ese Trotsky aquí, precisamente aquí... Tengo que informar de todo esto a Santa Fe.*

Dio una última mirada inquisidora tratando de grabar en su memoria lo que había visto y escuchado porque esto iba ser parte de su informe sobre posibles enemigos de la Unión Americana confabulando en Taos. Sus ojos se achinaban cada vez que encontraba algo que le parecía guardaba relación con el supuesto complot. Ya estaba por retirarse cuando el doctor Martin lo abordó con su esposa que portaba una bandeja de tamales y unos tragos.

—Señor comisario, bienvenido, sírvase algo y únase a la tertulia. Estos tamales son de chile rojo y cerdo, están de chuparse los dedos... ¿Un trago?

—Buenas noches. No gracias, solo estoy de pasada, viendo que todo esté bien.

—¿Y todo está bien?

—Bueno sí, solamente que el señor Smith se ha quejado del ruido y yo…

—No se preocupe, el ruido que escucha el señor Smith solo está en su cabeza, ¿o es que no sabe que es sordo? —dijo el doctor Martin sacudiendo su gigantesca contextura al lanzar una carcajada sonora hacia el techo.

La esposa del doctor Martin, una escultora de pechos prominentes y cintura de avispa, le volvió a ofrecer la bandeja, y el comisario se sintió compelido a aceptar. Al agradecerle sintió los efectos de una mirada que venían de unos ojos pardos, coquetos y amables, que lo sacó por breves segundos de su estado de cazador, y lo hizo atorarse con el tamal.

—¿Un vaso de agua comisario? —le dijo la señora.

—No, no, gracias, me tengo que ir, buenas noches… —Dio media vuelta y evitó volver a encontrarse con esa mirada perturbadora. La esposa del doctor Martin lo vio alejarse (o escaparse), levantó las cejas pobladas, sonrió para sus adentros y se repitió: «ese muñón, ese muñón…».

Seis

—*Дерьмо!* (¡Mierda!) —exclamó Trotsky al enterarse que el comisario Baca había telegrafiado a Santa Fe pidiendo la presencia de un comisionado de Asuntos Internos para oficialmente abrir una investigación sobre presuntas actividades de espionaje encabezadas por un tal Trotsky. Joseph Uffer se encargó de traerle las malas nuevas y poner en movimiento el operativo de escape de Trotsky. Primer problema: no había automóvil disponible, la salida tendría que hacerse en carruaje o caballo. Optaron por un carruaje. Solo había lugar para dos personas y el cochero. Por razones obvias, los pasajeros serían solamente Trotsky y Joseph. La escapatoria debería hacerse al día siguiente muy temprano en la mañana porque no era conveniente viajar por la noche en pleno invierno. Nadie debería enterarse, excepto el doctor Martin y Mabel. Ya se les explicaría la situación a los miembros de la Sociedad y al jefe, sin asustarlos.

—Y ¿armas? —preguntó Joseph.

—Mi salida de Taos es porque no quiero que se vean los artistas y los taos envueltos en algo estúpido, y porque no quiero demoras para regresar a New York y seguir mis tareas de propaganda. Una demora con interrogatorios supinos lo más que haría sería retrasar estas tareas urgentes para los revolucionarios rusos y desencadenaría una sucesión de detenciones arbitrarias. En el peor de los casos, me deportarían otra vez, pero si nos descubren con armas la cosa es más seria. Solo se portan armas si estamos dispuestos a usarlas y no creo que esa sea la mejor forma de enfrentar la situación ahora. Armas, no.

—*Okay*. Todavía tenemos que ubicar a un cochero de confianza que conozca el terreno y que no llame la atención.

—Camarada Joseph, confío en su criterio —dijo Trotsky un tanto pensativo.

5 a.m. Las montañas todavía retenían la luz del amanecer. El doctor Martin desde el portal de su casa miraba la escena de despedida, mordiéndose los labios en silencio y sosteniendo su ya clásico vaso con *whisky*. Mabel sostenía con sus dos manos la de Trotsky como no queriendo dejarlo ir.

—Lo siento muchísimo, necesitábamos más tiempo…

—Tengo que admitir que esta "nueva realidad" seguirá siendo una incógnita para mí y para muchos… Gracias por todo camarada.

—Requiere toda una vida para conocerla y vivirla, por eso yo me quedo. Fuera de ella no hay nada para mí.

Trotsky asintió con una ligera venia y procedió a arroparse con la misma manta hopi que le había dado Joseph en Lamy. Se sintió protegido otra vez.

Dos caballos pintos jalaban el vagón y su aliento animal creaba una pequeña nube de aire caliente en frente del carruaje. Joseph procedió a fijar los correajes y revisar los ejes de la carreta, mirando de un lado a otro. Se percató que una rendija de luz salía de una de las ventanas de la casa del señor Smith. «Viejo de mierda», murmuró. Fue hasta al final de las ancas de los caballos, las palmoteó como midiendo su fortaleza, se agachó y con sus guantes de lana recogió un poco de estiércol húmedo, formó una bola. «¡Vámonos!», le dijo al cochero. Trepó en el coche sin sentarse. Los pintos empezaron a moverse armónica y lentamente.

El ojo dilatado del señor Smith, que trataba de captar lo más posible en medio de la penumbra, se cerró abruptamente al sentir el impacto del excremento en su ventana.

El carruaje emprendió su recorrido de doce horas hasta San Fe con parsimonia, como no queriendo evidenciar una fuga. Una vez que abandonaron la Villa de Taos, Trotsky volteó su rostro arropado para despedirse de la montaña de Taos que ya se desvestía de la oscuridad.

—No lo rechazó, lo ha protegido todo este tiempo —dijo el cochero con voz solemne. Trotsky solo podía observar una ancha espalda cubierta con una manta blanca y creyó reconocer la presencia de la sombra humana que lo había estado acechando en Taos—. Abríguese camarada, yo me encargo de que llegue a Santa Fe sano y salvo y a tiempo para que tome su tren a New York.

—¿Cómo se llama?

—Zorro Cazador en Taos, pero me puede llamar Tony.

Nota: Todavía se están buscando fotos y documentos de archivo que prueban la presencia de Lev Dadovich Bronstein en Taos en enero de 1917.

Santa Fe, diciembre 2018